우리들의 여섯 번째 이야기

너의 여름에도 내가 있을까

너의 여름에도
내가 있을까

우리들의 여섯 번째 이야기

초판 1쇄 인쇄_ 2022년 02월 10일 **| 초판 1쇄 발행_** 2022년 02월 15일
지은이_경화여고 학생들 **| 엮은이_**박세황
펴낸이_진성옥 외 1인 **| 펴낸곳_**꿈과희망 **| 디자인 • 편집_**박경주
주소_서울시 용산구 한강대로 76길 11-12 5층 501호
전화_02)2681-2832 **| 팩스_**02)943-0935 **| 출판등록_**제2016-000036호
E-mail_ jinsungok@empas.com
ISBN_979-11-6186-118-0 43810

너의 여름에도
내가 있을까

우리들의 여섯 번째 이야기

文藝創作

경화여고 학생들 씀
박세황 엮음

꿈과희망

머리말

후다닥거리며 지나갔다고 하고는 또 일 년이 되었습니다. 사윤수 시인님 이나리 소설가님 덕분에 올해도 학생들이 자신들만의 작품들을 잘 창작할 수 있었고, 그 결과가 이 책이 되었습니다. 신입생들 일 년 동안 잘 보살펴 주신 황아루 선생님, 졸업생들 좋은 결과로 대학에 진학할 수 있도록 열심히 챙겨주신 백승재 선생님 감사합니다. 열심히 학교생활을 한 문예창작반 학생들 모두 모두 덕분에 보람찬 일 년을 보낼 수 있었던 것 같습니다. 얘들아. 고마워.

아직은 서툰 글들이지만 언젠가 우리나라 문단을 대표할 미래의 시인, 소설가, 드라마 작가, 방송 작가가 될 아이들의 시작이라고 생각합니다. 그렇기에 교사로서 살아가는 것에 대한 매력을 느낄 수 있는 것 같습니다. 비록 작가가 되지 않고 다른 길을 선택한 아이들도 많지만, 각자의 삶 속에서 다양한 경험을 쌓으면서 언젠가는 저마다의 글을 풀어낼 밑거름이 될 수도 있지 않을까 하고 기대해봅니다.

올해도 대구광역시교육청 책쓰기 프로젝트 덕택에 이렇게 출판을 할 수 있게 되어 감사합니다. 예쁜 작품집을 만들어 주신 꿈과희망 출판사 김창숙 대표님께도 감사드립니다.

교사 박세황

차례

운문

산문

은문

고은상

깊은 바닷속
고래한테 먹힌 제페토 할아버지의 시야처럼
깜깜한, 아무것도 보이지 않은 어둠 속
나 혼자 누워 있다
생기와 활기는
물 밖에서 터지기 위해 올라가는 산소방울,
가라앉으며 생기는 물방울을 위한 말

감긴 눈위로 드리우는 빛 한줄기
나를 위로하려 어둡고 깊은 바다를 뚫고 온 걸까
예상하지 못했던 뜻밖의 도움
바다에 내던져진 피노키오가 제페토 할아버지를 구하는 것처럼

아아 이제 수면으로 나왔구나

마피아

고은상

내 눈앞의 사람이 죽었다
그는 선량한 시민이었다
며칠째 아무 이유 없이 죽은 시민만 벌써 여섯 명째다
나를 둘러싼 주위는 아무렇지도 않게 살아간다
이제까지의 일은 거짓이었다는 듯이 대화하고
경찰조차도 다른 사람들과 어울리며 얘기한다

밤이 되자 남은 두 명은 내 옆의 사람을 죽이려 한다
그는 나를 보며 살려달라 흐느낀다
그들을 설득하려 했지만
그들은 나를 무시했고 나는 그를 지켜내지 못했다

날이 밝자 그는 죽어 있었다
어젯밤 나를 보며 애원하던 그가,
며칠 내내 사람들을 죽이던 그였
두 명은 기뻐하며 환호를 질렀다

나는 두 명 중 한 명을 바로 살해했다
울검은 피를 뒤집어쓴 남은 한 명은 그 자리에 움직이지 못하고
가만히 있었다

11

그때 나는 직감했다
아, 우리의 승리다

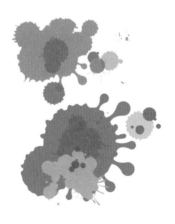

여름은 강아지로다

고은상

잎사귀와 같이 무성한 강아지의 털에
싱그러운 여름의 향기가 어리우도다

이슬과 같이 촉촉한 강아지의 눈에
여름의 기분 좋은 습함이 흐르도다

활짝 웃는 입에 나온 강아지의 혀에
역동적인 여름의 활기가 떠돌아라

날카롭게 쭉 뺀 강아지의 수염에
푸르른 여름의 생기가 뛰놀아라

가을장마

권지은

가을의 시작을 알리는 빗소리와 함께
가을장마가 시작되었습니다

여름 장마와는 사뭇 다른 느낌의 빗방울이
처마를 타고 주르륵 흘러내립니다

여름 장마 빗소리가 쏴아아 쏟아지는 소리라면
가을장마 빗소리는 후드둑 떨어지는 소리입니다

빗방울 하나에 추억 한 방울이 묻어
후둑, 후드둑 발밑으로 쉴 새 없이 떨어집니다

그렇게 떨어진 빗방울들은
발끝이 닿아 있는 땅속으로 스르륵 스며들어
금세 땅을 축축이 적십니다

당신을 처음 만났던 계절이 또 한 번 돌아왔습니다

나무에게

권지은

네가 가진
수많은 기억들을
보여주렴

기분 좋은 남실바람에 몸을 맡기고
찬란하게 흔들리던
어느 여름날

날개 다친 작은 새가 머물다 간
지난밤의
따스한 안식처

언제인지도 모르게
단단한 껍질에 생겨난
상처의 흉터까지도

전부가 아니라도 좋아
그 조각들이 모이고 모여
숲이 될 테니
 나무야, 네가 가진

수많은 조각들을
보여주렴

끝맺음

권지은

끝내려거든
무심히 툭 치고 지나간
마음까지 거두어 가라

그만하려거든
살며시 다가와 속삭인
이름까지 거두어 가라

끝에는
더 이상,
더 이상 남을 것이 없도록
싹 다 거두어 가라

마지막으로
은은히 두고 간 그 짙은 추억까지
모조리 거두어 가라

김다희

나는 시베리아에서 왔어
머리가 하얀 할머니의 마지막 입김에서 태어나
옥빛 항아리를 든 소녀의 장갑에 파묻혀

한적한 밤
술 대신 잔에 담긴 나는
소녀의 허파 속으로
내 다리는 소녀의 입술에 걸리고 말았지만

하루의 끝 소녀의 한숨
난 그제야 물기를 딛고 일어서
소녀의 머리칼을
메모처럼 휘갈긴다

어떤 동정

김다희

얼굴을 손에 묻은 여인
헐떡이는 숨을 안쓰럽게 여긴 노파가
여인의 등을 쓰다듬는다

두 여자 발치 신문이 바람에 나뒹군다
굵게 적힌 기사 제목
새벽 2시경 난파선 발견, 탑승자 전원 사망

손을 통해 느껴지는 울음에 노파는
남편, 제 남편이, 제 남편이
정신 나간 여인을 애잔히 바라본다

젊은 아가씨가 벌써 남편을 잃어 어째
여인이 기뻐 웃고 있다는 것도 모른 채
울지 말아요, 아가씨
여전한 떨림을 보듬으면서

소해

김다희

비누 거품 몽글한 손을 동그랗게 말고
수도꼭지를 틀었다
거품이 물에 밀린다
물가에 하얀 해안선이 생겼다
손 안에 작은 바다
거품이 녹는다
이제 바닷물을 흘려보내줄 차례

나는

김세현

나는 지중해 한가운데의 장미
뜨거운 햇빛 아래 휘날리는 열정
사막 속 오아시스를 발견한 기쁨이어라

나는 하얗고 고운 운동화
흩날리는 머리카락과 조여맨 머리끈
옹달샘이 연주하는 오케스트라이자
이슬이 굴러다니는 소리이어라

나는 우주를 떠다니는 강인한 모래
푸른빛 하늘 아래 눈보라 속에서 떨어진 별 조각이며
안갯속에서 발견한 투명한 구슬이어라

나는 멀리 내다볼 망원경이자 겨울의 새벽 내음
세상을 걸어갈 두꺼운 백과 사전
봄의 따스함 가득한 꽃들의 축제이어라

나는 어둠을 비출 등대 같은 달
보일 듯 보이지 않는 흐릿한 신기루이며
포근하게 온기를 안겨줄 오르골이어라

새
싹
을
위
하
여

김세현

기름진 땅에 새싹이 없으면
기름진 땅이 아니지
마음속의 기름진 땅의
새싹 하나 키우지 않으면
청년이 아니지

기름진 땅이 새싹을 위하여
기름지다는 걸 모르는 사람은
아직 사랑을 모르지

새싹도 대지 위로
치솟아올라 별을 본다
나도 가끔 내 마음속의 새싹을 위하여
밤하늘 별을 바라본다

고래

김세현

달무리진 하늘 아래
아득히 떠돌던 고래 한 마리
더욱 힘차게 헤엄친다

파란 슬픔을 외치던 고래
시에 젖어 울고
물결 한 소절에 어둠도 자아낸다

세상을 넘어가는 물결
가도 그만
돌아서도 그만

하늘 위 환하게 비치는 달빛과 별빛
바다 위를 눈부시게 적신다면
마음속 이정표가 되어주고
어둠을 아늑하게 물들인다

넓은 바다
다양한 무대가 피어나고
시를 노래하는 고래

내 마음 푸른 바다를 유영한다

여름날 봄날

이승현

여름이 창 밖에서
얼굴을 들이밀지만
나는 아직 봄이고 싶다

아직
봄 공기의 설렘과
귀를 간질이는
꽃잎들의 웃음소리와
벚꽃 속을 거닐던
소중한 추억들이
마음속을 가득 메우고 있다

이제 마음을 비우고
여름을 준비해야지
마음먹어도

자꾸만 뒤돌아보게 만드는
봄의 향수

여전히

달콤한 여운을 흘려보낸다

이승현

태양의 흔적을 따라서
날이 좋을 때도
날이 슬플 때도
군말 없이 움직이는 해바라기

태양을 꼿꼿이 바라보는지
눈 감고 그 따뜻함만을 느끼는지
누구도 들여다보지 않은 채

해바라기는 우리들의
해 바라기가 되었다

굴에 든 뱀 길이 알 수 없듯
그도 가끔은
고개 숙이고 싶지 않을까
따가운 태양 등지고
시원한 그늘에서 바람을 쐬고 싶지 않을까

누구나 가끔은
쉬는 시간이 필요할지 모른다

안경

이승현

더 잘 보기 위해
쓴 안경

검은 것을 껌게
깜깜한 곳을 깜깜하게

그렇게 가려진 눈
보고 싶은 곳만 보고
듣고 싶은 것만 듣고

그렇게 쓴 안경은
잘 보기 위한 안경이 아니다

약한 우리의 모습을
피하기 위한
색안경일 뿐이다

사
진

이하윤

순간을 기억하는 종이필름 속에 향기가 있다
잉크 스며든 곳 사이에 손을 가져가면 머리 위로 재생되는
단편영화
언덕 위를 올라가는 눈덩이는 멈출 줄 모른다
마침내 멈추어 선 그곳에는 새하얀 구름으로 뒤덮인
동산이 펼쳐진다
구름을 한 입 떼어먹은 꼬마는 눈사람과 친구가 되었다

손길을 따라 옆으로 가면 밤하늘을 날아가는 종소리
시끌한 공간 편안한 적막함을 가져다주는 울림은
피아노 선율을 타고 떠나간다

내 소원은 초여름

이하윤

초여름은 강물에 비치는 햇살, 햇살은 다정하고 따뜻한 열정,
열정은 부지런한 아침의 노래, 노래는 하루의 시작을 알리는 소리,
소리는 청명하게 울려 퍼지는 설렘, 설렘은 달콤한 아이스크림,
아이스크림은 귀여운 멧밭쥐

줄
넘
기

이하윤

원, 투, 원, 투 ! 우, 웩, 우, 웩 !
원, 원, 원, 원 ! 투, 투, 투, 투 !
원, 투, 원, 투 ! 우웩 ! 우웩 ! 우웩 ! 우웩 !

땅바닥이 갈라진다 나무가 쓰러진다
마그마가 솟아오른다 지구가 흔들린다
비둘기가 기절한다 머리가 흔들린다

그늘 진 햇살 사이
하늘의 환한 맨몸이 흔들린다
다리가 흔들린다.

슉. 슈슉. 슉. 슈슉. 슈 슉슉
슈슉 슈슉. 슈슉 슉. 슈슉

비둘기 한 마리를 삼킨 것 같다

– 황인숙 '조깅' 모방 창작

봄

권찬비

얼어붙은 나를 녹여주는 너
아릴 만큼 차가운 나에게 속삭이는 너

점점 다가오는 너에게
자꾸만 마음을 내어주고 싶다

빨리 이 쓸쓸함을 가져가달라고
애원하고 싶다

너는 봄
나는 겨울

어서 내게 와서
나의 아픔을 안아주었으면

권찬비

사랑하는 나의 문어 공주, 당신은
바닷속의 구슬이다
분홍신을 신고 노다니는 작은 깃털이다
부옇게 번지는 꽃 무더기이다
타코야키로 만들어버릴 수도 없고
얄밉기만한
사랑하는 나의 문어 공주, 당신은 또
내 마음속에서 자라는
홍염이다
구월에
거창휴게소에서 태어난
노을빛 속삭임이다

달

권찬비

달의 뒷면처럼 사무치게 외로웠던 나에겐
너의 더운 손이 꼭 구원 같았어
내가 가진 것을 다 주어도
정말 상관없다고 믿었어
그래 인정해 우리의 그 찬란한 밤들은
너무 아름다웠단다
전부 부질없었음을 알리는
저기 저 아침이 잔인하게 오는데
너에게 찔리고 겨우 아문 자릴 다시 찔린 후에야
내가 변해야 하는 걸 알았어

이제 나의 어둠은 내가 밝힐 거야
바보같이 울지도 않을 거야
누가 나를 비춰주길 기다리지 않을 거야
이제 내가 나를 지킬 거야
어엿한 내가 스스로 번지며 차오를 때까지

책들의 담소회

김지현

낡은 다락 속 오래된 책장
그 속에 오밀조밀 모여 있는 빛바랜 책들

포근한 먼지 이불 뒤집어쓰고
서로 옹기종기 모여
오늘도 즐겁게 대화를 나눈다

추억이 되어버린 이야기
어느 위인의 삶 이야기
우리들이 모르는 과거의 이야기

나의 이야기가 최고라며
너 나 할 것 없이
서로서로 목소리를 높인다

때로는 사락사락 다정한 소리로
때로는 팔랑팔랑 신이 난 소리로
때로는 스륵스륵 무거운 소리로

자신들의 이야기를 들려주려

즐거운 이야기를 들려주려
오늘도 조잘조잘 대화를 나눈다

양초

김지현

긴 하얀 코트를 입고
새빨간 멋쟁이 모자를 쓰고
꼿꼿이 선 채
오늘도 내 마음을 불태우리

장작불보다는 작지만
모닥불보다는 작지만
나 역시 누구보다 뜨겁게

오늘도 내 마음을 불태우리
휙 바람 불면 쉽게 날아갈 모자지만
순식간에 작아지는 코트지만

내 마음에 뜨거운 불꽃을 준 이를 위해
오늘도 내 마음을 불태우리

시간

김지현

눈으로 볼 수 없는 것
허나 모두가 가지고 있는 것

아무도 모르게
조용히 곁에 머무르며
스쳐 지나가는 것

잡아보려 손을 뻗어도
실오라기 하나 남기지 않고
사라지는 것

내가 여기 있다 알리며
시계바늘을 움직이고
기억 속에
추억이라는 사진을 남기고
미소지으며 떠나는 것

모두에게 똑같이 머무르며
모두에게서 똑같이 떠나가는 것

봄

김혜원

볼을 불그스름하게 밝히듯 싱싱하게 익은 딸기
설렘을 가지고 한 입 베어 물었더니 과즙이 팡! 하고 터진다

설레는 봄바람 휘리릭 불며 같이 지나가는 벚꽃잎
핑크빛 복숭아와 같이 달콤한 향이 나네

포슬포슬 내리는 봄비
지나가면 살이 베일 듯한 바람과 함께
해맑은 해가 벨 소리를 띵동 하며 찾아오네

후우 불면 깃털이 날아가듯 하늘을 자유롭게 훨훨 날아가는 민들레씨
삐약삐약거리며 제 어미를 따라오듯 자리잡는 민들레

하하호호 빵빵 터지며 등교하는 아이들
둥그런 호박을 짊어지듯 무거운 가방을 들며 등교하네

공허한 우주 같은 밤하늘에 별빛이 비 내리듯 후두둑 쏟아지네

가을

김혜원

형형색색의 나무들이 줄을 서 숲을 이루는 것처럼
사람들은 개미떼처럼 줄을 서서 기다린다

사람들의 발소리와 셔터 소리들이 음악을 만드네
자연이 만들어놓은 레드카펫을 사람들이 밟고 지나간다

바람이 휘날리며 나뭇잎들이 날개를 펼치고 날아가네
훨훨 날아 땅에 다시 안착하여 사람들의 레드카펫을 다시 만들어준다

가을은 알다가도 모르는 계절
여름처럼 덥기도, 겨울처럼 찬바람이 쌩쌩 불기도 하는 계절이네

거울

김혜원

나의 모든 것들을 따라하는 도플갱어
나의 모든 것들을 들어주는 나만의 친구

나를 예쁘게 꾸밀 수 있게 해주는 거울은 나의 친구
말은 못하지만 항상 내 옆에 있어주는 친구

그래서 나는 항상 거울과 함께 있는다

박세원

어린 시절 추억이 묻은 이젠 낡은 건물 가득한 어두운 골목
개미의 발자국마저 끊긴 조용한 골목 따라 터벅터벅 걷다 보면
사람 하나 없는 책방,
그 무대에 발을 들인다
먼지 소복이 쌓인 책들 중
그 시절
그 옛날 읽었던 추억 담긴 책으로 날고 있는 먼지 나를 이끄네
손때 묻어 이젠 누렇게 변한
그 책을 한참 바라보다
조명이 꺼지고 무대 막이 내려갈 때 몰래 품에 넣고 다시 길을 나서네
어린 시절 그저 싫기만 하던 책들이 지금은 왜 그리운지
그 추억 담은 책은
지금 내 옆에서 새로운 추억 기록하며 북(book)쩍 바쁘다

나의 모차르트

박세원

사랑하는 나의 모차르트 당신은
하얀 신사다

나무에 걸린 구름이다

누군가의 귓가를
간지럽히는
부드러운 솜털이다

모든 곡을 연주할 수도 없고 마음으로 느낄 수밖에 없는
사랑하는 나의 모차르트, 당신은 또

사람들을 잠재우는 클래식의
마법사이다

오늘에도
사람들의 마음을 간지럽히는
빨간 깃털이다

– 김춘수 '나의 하나님' 모방 창작

가을

박세원

계절의 개념을 잊은 지 오래지만
반팔을 입던 사람들의 옷이
하나 둘 길어진다

푸른 잎들도 가을을 이제야 느끼고
하나 둘 붉어져 간다

지나가던 새들도 추운지
하나 둘 집으로 들어간다

늦은 저녁도 밝은 아침 같던 하늘은
이른 저녁
하나 둘 어둠을 그려간다

벌써
아니 이제야 가을이 왔다

박소연

빨갛게 피어난 동백꽃이
포근한 눈 사이에
살포시 내려앉았다

나는 그 마음이 서러워
내 작은 손에
눈과 함께 담아본다

모든 세월을 맞아낸
작고 아름다운 그 아이가
아픔의 체취를 남기며
눈 속으로 파고든다

박소연

사랑하는 나의 노인

사랑하는 나의 노인 당신은
둥치 굵은 바오밥나무이다
책속에 갇혀 있는 낡은 시계이다

마음속에는
작고 소중한 고양이를 키우는
곱게 놓인 소복이다

강을 하염없이 바라보면서
따스한 바람의 손길을 기다리는
사랑하는 나의 노인

당신은 또
그늘 아래 가만히 나를 기다리는
순수함이다

오월에
가장 찬란하게 피어나는
야생화이다

– 김춘수 '사랑하는 나의 하나님' 모방 창작

여인

박소연

눈물을 훔치고 백색 봄내음에
헛된 희망을 품은
해당화 같은 아이야

너는 발자국 깊게 남은
고독의 구름이다

멀리 저 멀리
날아가기 소원하는
작은 내 욕심이다

사한 꽃신을 보낸
그림자는 오늘도
달을 보며 흐놀다

촛불

배소율

달빛만이 들어올 수 있는 방에
외로이 붉은 꽃을 피우는 물체

작지만 뜨거운 물체는
은빛으로 흘러내리고
서서히 식어버렸지

사라진 꽃이 남기고 간
우리의 염원은

식지 않아, 데이기 쉬워
그러니 더욱더 불타올라

은은하게 피어난 불꽃이
나의 마음속에도 발하네

작지만 뜨거운 불꽃이여
이대로 염원을 담고서
영원토록 함께하길

시간

배소율

돌아오지 않는 바람은
내게서 멀어져 가네

가지 말라 붙잡아도
손을 뿌리치고 가네

흐름은 멈출 수도 없어서
나 홀로 멈추어 있네

모두 나아가지만
나는 과거에 머물러서

변화를 받아들이지 못한 채
현재만이 지나가네

주위에 아무것도 남지 않으니
시간은 외톨이로구나

소나기

배소율

하늘에서 떨어지는 바늘
여린 바늘에 맞아
상처를 덧내어보네

바늘에 맞아도
퇴색되지 않기에
나인 채로 있을 수 있는 걸까

앞이 흐려서
길이 보이지 않아
방황하는 나 자신

이리저리 바늘을 피해
살기 위해 달리니 맑아져

항상 똑같은 결론
결국 오늘도 맑음

큰 창문

사공서윤

벽 한쪽의 작은 창문
투명인지 불투명인지 거미줄에 가려
한 줌의 빛조차 새어 나가지 않고
나는 자연스레 숨을 죽인다

작은 창문 밖
부드럽게 코안을 감싸는 풀 내음
창문이 열리길 기다리는 회색 비둘기
나만을 바라보는 벌레들

방안의 어둠이 물러가고
창문 틈새를 비집고 들어온 빗방울이
방안을 촉촉하게 적신다
그리고 내게 단단하지만
맑은 유리 소리를 들려준다

어느새 작은 창문에는
한 줌의 빛이 들어오고
또 한 줌의 빛이 나가며
마침내 큰 창문이 되어 나를 감싸 안았다

노란 봄

사공서윤

하얀 도화지 위에
노란 물감을 무심히 툭 떨어뜨리니
인사도 없이 봄이 스멀스멀 스며들더라

창가에 보슬보슬 내리는 봄비에
물 한가득 머금은 붓이
노란 물감을 노란 개나리 꽃으로 피워낸다

따스한 꽃 내음에 이끌려 온 노란 나비들이
저마다 봄바람을 타고
개나리 꽃 위를 지나가니
'노란색'은 바람을 타고 인사도 없이 가버리고

끝에 다다른 경계에서
온몸으로 하늘을 감싸안은 '노란색'은
화려하게 노을을 피워낸다

그리곤 지평선에 걸터앉아
처음이자 마지막 인사를 건네고는
미련없이 떠나간다

사공서윤

높은 가을 하늘 아래
살랑이는 바람 따라
속삭이듯 다가오는 붉은 낙엽

발 아래
푹신하게 깔린
푸른 단풍

한번 발 내밀면
단풍 여러 번 날리는
붉은 가을 하늘 아래

단풍 보듯
거리 보며

푸른 가을 하늘 아래
단풍으로 붉게 물든다

비
오
는
날

송유정

하늘이 어두워진다
우리가 남아 있는 이 교실 안에서
나는 하늘을 본다

굵은 빗방울이 떨어지고 있다
굵은 빗방울은
바닥으로 세차게 세차게
몸을 부딪히고 있다

그러나 빗방울이 떨어진 곳은
차디찬 시멘트 바닥이 아니었다

아마,
내 귓가였나
내 귓속이 축축히 젖어 있는 듯하다

아니 내 눈가였나
내 뻑뻑했던 눈가가
되려 촉촉해지려 한다

젖어 있는 귓가에는
공부하는 애들의 연필소리가 들린다
난,
하늘을 본다

그리고는 생각한다
축축한 내 귀와
촉촉한 내 눈을 가지고서
나는 생각한다

아,
나는 이곳에서 뭐하는 거지
가슴이 꽉 막혀온다

그리곤 생각한다
오늘 우산 안 가져왔는데……
비 다 맞겠다

송유정

목련이
지네

그대여
목련이 진다고 해서
삶이 끝이라고 생각하진
말아다오

목련은 지더라도
연둣빛 새 잎이
올라오고
있지 않은가

목련이 지면
아주 지는 게 아니라
내년 봄에
또 오지 않는가

목련은
모습을 바꿔가며
새로이 피지 않는가

목련은

그냥 피고 질 뿐
세상에 끝은
어디에도 없네

송유정

만남의 커피는 세상에서 가장 달고
이별의 커피는 세상에서 가장 쓰다
혼자 하는 사랑은 씁쓸한 커피 같고
서로 하는 사랑은 달콤한 커피 같다

사방으로 흩어질 것만 같은 가루
한번 맛보고 아래로 떠밀려 버리는 설탕
나는 한낱 씁쓸한 커피가루에 지나지 않고
고요히 떠나는 그대에겐 커피향이 짙은데

난 오늘도 조금 쓴 커피를 마시며
그대와 나의 만남을 생각해 보았다
빙글이 저어지는 나의 일상에서
왜 그대는 나의 삶 속에서 사라졌는가

늘 끝에 남아 있던 씁쓸한 맛이 걸렸다
그래도 가끔씩 그 씁쓸했던 맛은 그리워졌고
하지만 우리에게 겹겹이 쌓인 좋았던 날은 달았다
그 달콤했던 맛은 우리가 사랑했음이 틀림없는데

커피 같은 사랑은 참 어려운 것 같다
속상할 때도 외로울 때도 힘이 돼주던 커피였지만
바닥에 가라앉은 커피 가루는 나를 힘들게도 하니까

노란 원동력

이효원

어둠 속을 지나다 보면 드는 많은 감정들
어두운, 침몰하는 듯한 그러한 감정
회색의, 검정의 늪

어두운 밤이 지나고 아침이 오듯
끝이 없는 듯한 주중이어도 주말이 오듯
모든 것에는 끝이 있다

우울한 나의 한계에 다다를 때쯤
노랑이 온다
오늘의 시작을 알리는 알람처럼
노랑이 온다

긴 터널의 출구처럼
어두운 골목길 사이 보이는 대로변처럼
어두운 나의 감정을 비추는 노랑

봄 향기를 내뿜는, 따스한, 모든 것을 감싸는
노랑이 있기에 끝이 없는 듯한 회색 길을 달린다

고장 난 시계를 버리러 가는 길

이효원

밖을 볼 수 없는 창문 없는 방
고요한 방 밖 움직이는 사람들
밝은 도시 안 어두운 방

바쁘게 걸어도 따라오는 너
가만히 있으면 나를 두고 떠나는 너
나를 기다리지 않고 제 갈 길을 간다

항상 바쁘게 움직이던 너
항상 이 자리에 있던 나

혼자가 너무 외로워 먼저 떠난 너를 찾아가는 나
너를 찾으러 가는 길에 마주친 멈춰버린 너
나는 앞으로 가고 너는 그 자리에 남는다

외로움이 싫어서 너를 찾아 나선 나
너를 지나쳐 앞으로 간다
이 길을 지나치면 기억에 남지 않을 너
그런 너를 지나쳐 앞으로 간다

덩어리

이효원

투박한 칼의 움직임이 파고든다
껍질은 자신의 알맹이가 붙어 있는 채로 덩어리에서 떼어진다
흰 또는 붉은색의 알맹이가 드러난다
껍질에는 일부분의 알맹이가
알맹이에는 일부분의 껍질이 남아 있다
순수가 되지 못한 것은 미련 때문일까
미련 때문에 생긴 망설임의 탓일까

도마 위 너저분한 사체 덩어리에는
2년 전 겨울의 망설임이 담겨 있다
나의 투박한 움직임에 너덜너덜해진 덩어리,
깔끔하게 분리되지 못한 껍질과 알맹이
모든 것을 포기하고 그 덩어리를 쓰레기통에 넣었던 나

순수가 되지 않아도 되었던 너
순수를 원했던 나
그 사체 덩어리는 푸른 바다로 향하지 못한 채
내 방 속 푸른 쓰레기통을 헤엄친다

나에게는 쓰레기통 안을 헤엄치는 덩어리가 있다

껍질과 알맹이가 엉겨 붙어 형체를 알아 볼 수 없는
한 덩어리가 있다

목련

장영인

봄이 찾아왔다
분명 봄이 찾아왔는데
저기 모퉁이에서는
함박눈이 내린다

한겨울에도 오지 않던 눈이,
내 동생이 소원할 때도 오지 않던 눈, 그놈이

햇님을 엄마 품으로 착각하고
한걸음에 달려온다

눈이 내린다
분명 눈이 내리는데
왜 이 세상
어찌 이토록 따뜻한가

모
이
면 행
복

장영인

'ㅅ', 'ㅏ', 'ㄹ', 'ㅏ', 'ㅇ'이 모이면 '사랑'을
'ㅈ', 'ㅗ', 'ㅎ', 'ㅇ', 'ㅏ'가 모이면 '좋아'를
'ㄱ', 'ㅗ', 'ㅁ', 'ㅏ', 'ㅇ', 'ㅜ', 'ㅓ'가 모이면
'고마워'를 만들어낸다

제각각 다양한 모습을 한 기호들이 모여
누군가에게
사랑해
좋아
고마워와 같은
따뜻한 말이 전해진다

모으고 모아서 모두가 행복하게 해야지
아, 실수해서 상처받게 하지 말아야지

장영인

커다란 저 지구를 보자
하얀 눈, 새파란 바다, 울긋불긋 산, 보들보들 사막
어느 구석 하나 같은 것이 없지?

커다란 저 지구에 가보자
커다란 태양, 몽실구름, 거센 바람, 보석 같은 눈송이
어느 구석 하나 같은 것이 없지?

커다란 저 땅에 내려가보자
피부색이 어두운 사람, 밝은 사람, 어둡지도 밝지도 않은 사람
어느 구석 하나 같은 것이 없지?

"엄마!"
지구 여행 온 아기 외계인이 하는 말,
"저들은 참 좋겠어요."
"왜?"
"하나하나 빛나는 존재들이 비추는 밝은 세상에 살잖아요!"

산문

너의 여름에도 내가 있을까

강선우

　사람은 한순간의 기억으로 평생을 살아간다는 말이 있다. 부정하고 싶
지만 맞는 것 같다. 아직도 그해 여름의 기억이 내겐 전부니까. 그 여름
으로 돌아갈 수 있다면 그 무엇이라도 할 테니까.

　하루도 빠지지 않고 찾아오는 모기 덕분에 오늘도 선잠을 잤다. 졸음
이 덜 가신 상태로 일어나 거의 기다시피 거실로 가 텔레비전을 틀었다.
연분홍색 정장을 입은 아나운서가 상큼하게 오늘의 날씨를 전달해 주고
있었다. 머리를 대충 올려 묶고 냉장고를 열었다. 텅텅 비어 있었다. 오
늘이야말로 미루고 미뤄왔던 장보기를 해야겠다고 생각했다. 기적적으
로 남아 있던 우유 한 곽을 집어 들었다. 사발 그릇에 우유와 시리얼을
부었다. 시리얼은 비닐봉지를 꽉 닫아놓지 않은 탓이었는지 눅눅했다.

　"오늘은 전국적으로 비 소식이 있겠습니다. 외출 시 우산을………."

　턱을 괴고 눅진 시리얼을 씹다 미간을 좁혔다. 허구한 날 비 소식이다.
신경질적으로 남은 시리얼을 싱크대에 붓고 TV 전원을 껐다. 우거지상
으로 화장실 불을 켰다. 파리한 불빛이 잠시 일렁이다 이내 픽 꺼졌다.
낮게 욕지거리를 내뱉고 아무렇게나 놓여 있는 샤워기를 들어 머리에
물을 끼얹었다. 샤워기도 고장 났는지 울컥울컥 불규칙하게 찬물을 토

해냈다. 샴푸를 두 번 짜 머리에 마구 비볐다. 이제야 졸음이 좀 가시는 듯했다. 거품을 말끔히 헹궈내고 칫솔을 물었다. 상쾌한 민트향이 입안 가득 퍼졌다. 그때 다시 픽 하는 소리와 함께 전등이 켜졌다. 거울 속에 비친 내 눈가는 피곤함이 덕지덕지 묻어 있었다. 나는 짧은 한숨과 함께 양칫물을 뱉어냈다. 하얀 거품이 하수구를 향해 빨려가는 것을 한참 동안 지켜보다 머리의 물기를 털어내며 밖으로 나섰다.

창밖으로 보이는 하늘은 비 소식과는 상반되게 쨍쨍했다. 방으로 들어가 옷걸이에 걸린 하늘색 와이셔츠를 입었다. 어제도 비가 와 그런지 쿰쿰한 냄새가 나는 듯했지만 별로 개의치 않았다. 굴러다니던 청바지를 주워 입은 후 마당 뒤에 있는 캠핑 카트를 끌고 왔다. 이걸 장바구니로 쓸 줄은 몰랐다. 저절로 헛웃음이 나왔다. 비가 온 탓에 흙바닥이 질펀했다. 컨버스화를 더럽히고 싶진 않아 신발장 구석에 굴러다니는 꽃무늬 장화를 신고 길을 나섰다. 이곳에는 마을버스가 하루에 딱 세 번 온다. 그렇기에 첫 번째 버스 시간에 맞춰 도착해야 했으므로 발걸음을 서둘렀다. 부지런히 버스정류장으로 걸음을 옮겼지만 버스는 나를 지나쳐 정류장 앞에 잠시 멈추었다 매정히 가버렸다. 체념한 채 캠핑 카트를 끌고 터덜터덜 걷기 시작했다.

와도 와도 적응이 안 되는 거리에 한숨을 푹푹 쉬며 마트 앞 평상에 앉아 아이스크림 포장지를 깠다. 소다 맛 하드를 입에 물고 멍하게 걸어왔던 길을 돌아봤다. 다시 짐을 들고 걸어갈 생각을 하니 그저 아득하게 느껴졌다. 자비 없이 쏟아지는 햇살에 눈이 자꾸 감겼다. 그렇게 아이스크림이 다 녹아 손 위로 소다 맛 국물이 뚝뚝 떨어질 때쯤 웬 고양이 한 마리가 눈에 띄었다. 주황 빛깔 털이 햇살에 닿아 반짝거렸다. 고양이는 내 곁으로 다가와 내 무릎에 머리를 비벼냈다. 고롱고롱 소리를 내는 모습이 귀여워 나는 고양이에게 먹을 것을 챙겨주기 위해 다시 가게로 향했다.

혹여 고양이가 사라질까 급하게 참치 캔을 찾아 계산을 마치고 나가려는 순간 가게로 들어오는 한 남자와 부딪혀 넘어졌다. 동전이 떨어지며 요란한 소리를 냈다. 욱신거리는 엉덩이를 문지르며 위를 올려다봤다. 위를 보니 거구의 남자가 무표정으로 나를 쳐다보고 있었다. 그리고는 몸을 숙여 두툼한 손으로 이리저리 널브러진 동전과 지폐들을 주워 내 손 위에 살포시 올렸다. 가까이에서 보니 피부가 땀으로 반질거렸다. 까무잡잡한 피부를 가진 남자는 눈썹과 쌍꺼풀이 짙고 눈빛에는 생기가 없었다. 공허해 보이는 눈빛은 남자를 더 차가워 보이게 했다. 남자와 맞닿은 손바닥이 뜨끈했다. 내가 얼빠진 얼굴로 가만히 서 있는 동안 남자는 재빠르게 양손 가득 물건들을 담아와 순식간에 계산을 마치고 가게를 나갔다. 나는 내 손에 들린 참치 캔을 보고서야 정신을 차리곤 서둘러 밖으로 나왔다.

평상 위에 앉아 있던 고양이가 보이지 않아 '야옹' 소리를 내며 주위를 오리걸음으로 걸어 다녔다. 그러다 마트 뒤편 쓰레기장에서 아까 그 남자의 뒷모습이 보였다. 다가가 보니 고양이 밥을 챙겨주고 있었다. 다시 봐도 엄청난 거구였다. 그렇게 큰 사람이 온몸을 구겨서 조심스레 자기 손바닥만한 고양이를 챙겨주고 있는 것이 귀엽다고 느껴져 나도 모르게 소리 내어 웃고 말았다.

웃음소리에 뒤를 돌아본 남자는 멋쩍은 듯 오른쪽 뺨을 긁적이며 가볍게 목례를 했다. 그의 옆에 쭈그려 앉아 말을 건넸다. 고양이 좋아하세요? 네, 좋아합니다. 생각보다 훨씬 부드럽고 낮은 목소리에 놀랐다. 허겁지겁 밥을 먹는 고양이의 턱을 살살 긁어주며 대답했다. 저도 고양이 정말 사랑해요. 그렇게 다리가 저려올 때까지 얘기를 나누다 인사를 하고 일어나려는 순간 다리에 힘이 풀려 그대로 땅바닥과 키스하기 직전, 말캉한 무언가가 내 이마에 닿았다.

고개를 들어보니 귀 끝이 시뻘게진 남자가 엉성하게 나를 붙잡아주고 있었다. 없는 쥐구멍이라도 들어가고 싶었다. 괜찮아요. 기어가는 목소리로 뻐끔뻐끔 겨우 입을 열어 대답했다. 감사합니다. 바닥에 대고 소리친 뒤 눈을 질끈 감고 무작정 뛰었다. 얼굴이 홧홧했다.

냉장고에 장 봐 온 것들을 정리하고 냉수를 들이켜는 그때, 바지 뒷주머니에서 진동이 울렸다. 전화 올 곳이 없었기에 의아해하며 수신 버튼을 눌렀다. 여보세요? 웬 남자 목소리였다. 어딘가 낯익은 듯해 기억을 더듬던 도중 생각났다. 아까 그 남자였다. 상황 파악이 채 되기도 전, 수화기 너머로 다시 남자 목소리가 들려왔다. 윤혜원 씨 맞으십니까? 아, 네. 다름이 아니라 지갑을 주워서 전화드렸습니다. 지갑에 대학시절 동아리 홍보용 명함을 넣어둔 걸 까맣게 잊고 있었다. 나는 감사 인사와 함께 내일 뵙겠노라 하며 통화를 마쳤다.

안녕하세요. 어젠 잘 들어가셨습니까? 남자는 초록색 반팔 티셔츠와 군청색 반바지를 입고선 손을 흔들어 보였다. 남자의 얼굴을 보는 순간 어제의 일들이 주마등처럼 스쳐 지나가며 괴로웠지만 애써 모르는 척하고 대답했다. 네. 그쪽도 잘 들어가셨죠? 그쪽이 아니라 박 윤입니다. 아, 윤 씨도 잘 들어가셨죠? 예 뭐. 아 참. 제 이름은 윤혜원이에요. 편하게 부르세요. 어제 일을 전혀 신경 쓰고 있지 않다는 것을 보여주기 위해 일부러 더 명랑하게 악수를 건넸다. 압니다. 어제 명함에서 봤으니까. 윤은 쌀쌀맞게 대답하며 자연스럽게 팔짱을 꼈다. 악수 한 번 해주면 어디 덧나나. 멋쩍게 웃으며 할 말을 생각해내는 나를 빤히 보더니 이내 주머니에서 지갑을 꺼내 내 손에 쥐여 주었다. 물건 간수 잘하세요. 시골 동네라고 다 착한 거 아니니까. 당신 말투가 제일 안 착하거든요. 지금. 쏘아붙이고 싶은 것을 참고 넵 하고 대답했다. 사례는 해야 할 것 같아 목소리를 가다듬고 윤에게 말을 걸었다.

윤 씨, 지금 비빠요? 안 비쁘시면 저랑 식사하실래요? 내 질문에 윤은 안광 없는 눈으로 나를 그저 빤히 쳐다봤다. 아, 방금 너무 작업 멘트 같았나요? 그런 거 아니고 그냥 동네 주민이기도 하고, 지갑도 찾아 주셨고……… 계속되는 침묵에 그냥 돈으로 드리겠다고 하려던 순간, 윤이 입을 열었다. 그러죠. 어디 아는 곳 있습니까? 정말이지 가늠이 안 가는 남자다. 읍내로 나가야죠? 여긴 뭐가 없으니까. 가만 생각해 보니 읍내까지 나가려면 차가 있어야 했다. 윤 씨. 차 있어요? 없습니다. 그럼 어떻게 가요? 오토바이 있습니다. 윤의 멀건 시선이 내 얼굴에 그대로 꽂혔다.

……… 어디 있는데요. 내 말에 윤은 빨갛고 제법 큰 오토바이 한 대를 끌고 왔다. 그리고 어디서 난 건지 모를 노란색 헬멧을 나에게 주며 쓰라고 말했다. 헬멧을 쓰고 뒷자리에 앉았다. 오토바이는 처음 타보는지라 살짝 두근거리기도 했다. 윤은 익숙하게 헬멧을 쓰고 시동을 걸었다. 꽉 잡으라며 방황하는 내 손을 잡아 자신의 허리에 둘렀다. 떨어지면 버리고 갈 겁니다. 농담인지 진담인지 알 수 없는 한 마디에 등에 소름이 오소소 돋았다. 어색한 기류에 입안이 텁텁했다. 당장이라도 이런저런 얘기들을 주절거리고 싶었지만 어째서인지 입이 떨어지지 않아 관뒀다.

도착한 후 시간을 확인하니 약 이십 분이 걸렸다. 생각했던 것처럼 낭만적이진 않았지만 나름 좋은 경험이었다고 생각했다. 헬멧을 벗고 머리를 정돈하는 윤에게 물었다. 그래서 뭐 드실래요? 윤은 또 한참을 아무 말 않더니 검지 손가락으로 건너 가게를 가리켰다. 백반집이었다. 엑. 여기까지 와서 한식을 먹고 들어가자고요? 저 돈 많아요. 다른 거 골라도 되는데. 내 대답에 윤은 한 치의 고민도 없이 말했다. 한식이 좋습니다. 예, 뭐. 정 그러시다면 저기로 가야죠.

식당으로 들어가 나는 순두부찌개를, 윤은 고등어 정식을 주문한 후 자리에 앉았다. 한참을 말없이 먹기만 하다 문득 궁금한 게 있어 먼저 말을 꺼냈다. 윤 씨. 저 뭐 하나만 물어봐도 돼요? 된장국을 퍼먹던 윤이 고개를 끄덕였다. 계속 궁금했던 건데, 왜 다나까체 쓰시는 거예요?

……… 워낙 어릴 때부터 써서 입에 붙어서 그렇습니다. 아, 그러시구나. 음식은 입에 맞아요? 예, 뭐. 괜찮네요. 싱겁게 대화는 끝이 났다. 밥

알이 모래알처럼 까끌거렸다. 어색했던 식사 시간이 끝나고 집으로 돌아가는 길, 우리 둘 사이에는 무거운 침묵만 흘렀다.

그날 이후 더 이상의 마주침은 없을 거란 나의 생각과는 달리 우리는 자주 만나게 되었다. 사실 윤은 내 바로 뒷집에 살고 있었다. 그동안 어떻게 그것을 몰랐느냐, 할 수도 있지만 나는 외출을 잘하지 않았고 윤도 마찬가지였기에 우리는 서로의 존재를 몇 달이 지나고서야 알게 되었다. 몇 달 전, 떡을 만들 때였다. 양 조절에 실패해 어떡할지 고민하던 도중 여기로 온 후 이웃들에게 제대로 된 인사를 못한 것이 생각이 나 예쁜 접시에 떡을 담아 뒷집을 방문했다.

최대한 자연스러운 웃음을 짓기 위해 노력했다. 활짝 열려 있는 대문이었지만 예의상 두드려야 할 것 같아 철문을 두 번 두드렸다. 저기, 계세요? 저 앞집에서 왔는데요. 네. 지금 나갑니다. 굵직한 남자 목소리와 함께 현관문 여는 소리가 들렸다. 이어 거구의 남자가 고개를 꺾어 나오는 모습이 보였다. 남자는 꽃무늬 냉장고 바지에 초록색 새마을운동 티셔츠를 입고 있었다. 바지는 짧아 발목이 휑했고 티셔츠는 목이 늘어나 가슴팍이 다 보였다. 웃음이 새어 나오는 것을 헛기침으로 무마시키고 얼굴을 본 순간, 나는 들고 있던 떡 접시를 바닥에 떨어트릴 뻔했다. 내 눈앞에는 윤이 서 있었기 때문이었다. 윤도 당황하긴 마찬가지였는지 머리를 긁적이며 물어왔다. 앞집 사셨습니까? 아, 네. 윤 씨 여기 사셨어요? 네, 뭐. 보시다시피. 정적이 흘렀다. 윤과의 정적은 언제나 참을 수 없이 답답했다. 결국 참지 못한 내가 다시 입을 열었다. 여기 떡이요. 아까 만들었는데 저 혼자 먹기엔 양이 많기도 하고, 인사도 드릴 겸해서요. 윤이 두 손으로 떡 접시를 받아 들며 말했다. 인사요? 네. 여기 오고 이웃집에 인사를 드린 적이 없어서요. 좀 늦은 감이 있지만 지금이라도 드릴까 해서요. 내 말을 들은 윤은 곤란하단 듯이 미간을 살짝 좁히더니 빠르게 말했다. 그럼 저한테 인사하셨으니 된 거네요. 떡 감사히 잘 먹겠습니다.

이제 가시면 됩니다. 당황한 내가 입을 열기도 전에 내 등을 떠밀었다.

그렇게 얼빠진 얼굴로 집으로 걸어가던 도중 떡 접시 갖다 달라는 말을 잊은 것이 생각났다. 오히려 잘 되었다고 생각하며 이번에야말로 자연스러운 미소와 함께 인사를 하겠다는 마음으로 발을 돌렸다. 다시 한번 대문을 두드렸다. 안녕하세요, 저 앞집인데요. 누고? 걸걸한 노인의 목소리가 돌아왔다. 두 손을 모아 깍지를 끼고선 최대한 공손하면서도 자연스러운 자세를 취했다. 현관문을 열고 허리가 구부정한 백발의 노인이 지팡이를 짚으며 나왔다.

아이고, 참한 처자가 이런 촌에는 무신 일로 왔노? 노인은 사람 좋은 웃음을 지으며 내 손에 자신의 손을 포개 왔다. 손은 투박하고 주름이 자글자글했다. 삶의 흔적이 고스란히 담겨 있는 손이었다. 잠깐 할머니 생각이 나 울컥하던 중, 윤이 다급하게 문을 열고 나왔다.

아, 아버지 제가 나간다니까. 몸도 안 좋으시면서. 이눔아 내가 몸이 안 좋긴 뭐가 안 좋아. 이렇게 팔팔한디. 둘은 그렇게 한참을 내 앞에서 옥신각신하다 윤이 날 발견하곤 내 이름을 부른 후에야 조용해졌다. 혜원 씨? 아직 안 가셨습니까? 나는 얼떨결에 긍정의 대답을 해버렸다. 잠시 정적이 흐르고 윤의 아버지가 한껏 들뜬 목소리로 말했다. 이 문디자슥, 그래 여자 친구 없다, 없다 하드만 딱 들켜뺐네. 자 들어 온나. 차라도 한 잔 마시라. 윤이 머리를 헝클어뜨리며 고개를 가로저었다. 제가 이래서 빨리 가라고 한 겁니다. 그렇게 말하는 윤의 말투에는 체념과 약간의 원망이 묻어 있는 듯했다. 그렇게 나는 윤의 집 안까지 들어가게 되었고 부자와 함께 반강제로 티타임을 즐기게 되었다. 물론 대화의 절반 이상은 윤 아버지의 오해를 푸는 것이었다.

내가 윤의 애인이 아닌 것을 알고 난 후 윤의 아버지는 굉장히 섭섭해하셨지만 이내 친구라도 괜찮으니 윤과 함께 많은 시간을 보내면 좋겠다고 말씀하셨다. 나는 흔쾌히 알겠다고 했고 그 후 우리는 자주 함께 시간을 보냈다. 같이 저녁을 먹기도 하고 서로 밭일을 도와주기도 했다. 가끔은 같이 장을 보기도 하고, 읍내로 나가 술잔을 기울이기도 했다.

그중 내가 가장 좋아하는 시간은 서로의 밭일을 끝낸 후, 아무것도 없는 허허벌판에 올라가 노을이 지는 마을을 바라보며 캔맥주를 마시는 것이었다. 선선한 바람을 맞으며 친구와 함께 시시콜콜한 이야기를 나누는 시간은 정말이지 항상 두근거렸다. 이야기라고 해봤자 내가 자질구레한 푸념을 윤에게 늘어놓는 게 대부분이었지만 말이다. 윤은 자기 이야기를 하는 것을 별로 좋아하지 않았다. 항상 내가 하는 이야기에 그렇습니까, 예. 같은 단답형 대답을 돌려 말하는 것이 전부였다. 그럼에도 나는 그 시간이 좋았다. 모든 것을 잊고 주절댈 수 있는 것이 좋았고, 매번 조금씩 다른 색으로 물드는 하늘을 바라보는 것이 좋았고, 가끔 볼 수 있는 윤의 풀어진 모습이 좋았다.

윤은 그곳에만 가면 평소엔 보여주지 않는 모습들을 보여주었다. 로봇처럼 딱딱한 표정이 알코올이 들어가면 유하게 풀어져 옅은 웃음을 내비치기도 했고, 취기가 오르면 잔디를 베개 삼아 언덕에 양팔 벌려 누워 교과서에 나올 법한 천문학 이야기 따위를 꺼내기도 했다. 마냥 무뚝뚝해 보였던 남자의 그런 모습을 보는 것은 나름 재미있는 광경이었다.

평소와 다를 것 없는 날이었다. 몰려오는 졸음에 침대에 누워 눈을 붙이려 하던 참이었다. 윤은 다짜고짜 현관문을 두드리더니 답지 않게 큰 소리로 나를 불렀다. 혜원 씨! 나는 꾸벅꾸벅 졸다 벌떡 일어나 현관으로 향했다. 급하게 일어나는 바람에 침대 헤드에 머리를 박아 머리를 문지르며 문을 열었다.

윤은 검은색 셔츠와 청바지를 입고선 팔짱을 끼고 서 있었다. 뭐야 오늘 옷이 왜 그래요? 어디 선이라도 보러 가요? 장난스레 윤을 툭툭 치며 물었다. 윤은 내 말을 가볍게 무시하고선 말했다. 드라이브할 생각 있습니까? 드라이브요? 예. 드라이브요. 아니 저번에 차 없다면서요. 불신의 표정으로 자신을 쳐다보는 나를 힐끗 보고선 윤은 피식 웃더니 따라오라는 손짓을 했다. 나는 살짝 설레는 마음으로 윤을 따라갔다.

그러나 따라간 곳엔 자동차는 없고 경운기 한 대가 정중앙에 떡하니 있을 뿐이었다. 윤은 페인트칠이 군데군데 벗겨진 주황색 경운기 핸들에 팔을 기대고선 나를 쳐다봤다. 멍한 표정으로 서 있자 윤은 왜 안 타냐는 표정으로 자기 옆 안장을 두드렸다. 제 애만데 이거. 이 남자, 미친 걸까? 뻔뻔스럽기 짝이 없었다. 윤은 심드렁한 표정으로 시동을 걸고 있었다. 안 탑니까? 아니 잠깐만요 스탑, 스탑. 타요, 탄다고요. 내가 투덜대며 경운기에 올라타자 윤은 정말 벤츠라도 모는 것마냥 진지한 얼굴로 경운기 핸들을 잡았다.

비포장도로라 그런지 달리는 내내 덜그럭거리며 골이 울렸다. 윤 씨, 걸어가는 게 이것보다 빠를 것 같은데요. 그럼 내리시면 됩니다. 윤 씨, 저 토할 것 같은데 여기 하면 안 돼요? 하며 손가락으로 윤의 발치를 가리켰다. 하시면 됩니다. 바로 이 숲에 버려지고 싶으시면. 한심하다는 표정을 짓는 윤을 한 번 째려봐주고 일 분이 일 년 같은 침묵을 깰 이야깃거리를 생각했다. 그러다 문득 내가 이곳에 들어오게 된 이유를 말해 주고 싶다는 생각이 들었다. 윤 씨. 네. 제가 왜 이런 깡촌에 들어와서 사는지 안 궁금하세요? 궁금해야 합니까? 아 좀, 이럴 때는 예의상 궁금하다고 해야죠. 내 말에 윤은 잠시 표정 관리를 못 하더니 정말 하나도 궁금하지 않아 보이는 표정으로 답했다.

········ 예, 궁금합니다. 윤 씨. 사람은 한순간의 기억으로 평생을 살아간다는 말, 알아요? 그런가요. 에이, 그러지 말고 한 번 생각해봐요. 윤 씨 인생에서 가장 소중하고 행복했던 기억.

········ 정말 모르겠습니다. 뭐예요. 싱겁게. 그럼 제 인생에서 가장 소중한 기억 말씀해드릴게요. 혹시 모르잖아요? 듣다 보면 생각날지. 저는 사 년 전 여름 기억이 가장 소중하고 또 행복해요. 저랑 동생이랑 두

달 동안 할머니 댁에서 지냈거든요. 매일같이 새벽에 일어나서 눈곱도 안 떼고 닭 모이 주고, 밭일하고, 가끔 남의 밭 가서 몰래 서리도 하고요. 하루하루가 너무 즐거웠어요. 시간이 어찌나 잘 가던지 한 번씩 고개를 들어 하늘을 볼 때마다 채도 색환을 돌린 것처럼 하늘이 한 단계, 한 단계 어두워지고 여덟 시쯤 되면 해가 완전히 지는데 그렇게 하늘 보는 재미도 쏠쏠하더라고요.

그런데 돌아가는 날 버스에서 사고가 났어요. 그것도 아주 크게. 버스 앞쪽이 완전히 뭉개졌어요. 공교롭게도 제 동생은 앞쪽에 타고 있었고요. 이런저런 생각을 많이 했어요. 그냥 나도 같이 앞에 탈걸. 하는 생각부터 옥수수 하나, 토마토 하나라도 더 먹으라고 줄걸. 반딧불이도 같이 보러 가줄걸. 하는 그런 생각들. 갈비뼈가 시큰해지면서 자꾸 웃음이 입술을 비집고 나오더라고요. 울컥 올라오는 언어들을 다 토해내고 싶었어요. 근데 목소리를 잃은 인어공주처럼 말을 할 수가 없더라고요? 그냥 금붕어처럼 뻐끔거리는 게 다였어요. 그렇게 동생을 보내주고 작년 겨울에 할머니께서 돌아가셨어요.

그때 제가 웃으면서 할머니 댁에 가서 살고 싶다고 했대요. 근데 차마 안 된다고 말할 수가 없었대요. 안 그럼 한강에 몸을 던질 것 같은 웃음이었대요. 그래서 여기서 살고 있는 거예요. 그런데 상상이랑은 다르게 그렇게 안 즐겁더라고요. 동생도, 할머니도 없어서인지 자꾸 어디 한쪽이 텅 빈 것 같고. 근데 윤 씨를 만나고 나서 이상하게 그런 생각이 잘 안 드는 거 있죠? 웃기죠? 근데 저는 정말 그래요.

첫 만남에 자꾸 말 걸어서 귀찮았을 텐데 다 받아 주시고, 지갑도 찾아 주시고, 벤츠로 드라이브도 시켜주시고, 이렇게 청승 떠는 것도 다 들어 주시잖아요. 말투는 좀 딱딱하지만요. 윤은 아무런 말도 하지 않았다. 여전히 속을 알 수 없는 표정으로 앞만 바라볼 뿐이었다.

……… 미안해요, 분위기가 어쩌다 이렇게 돼버렸네요. 미안하다는 나

의 말에 윤은 잠시 경운기를 멈추더니 나와 눈을 맞추었다.

사과하실 필요 없습니다. 그리고 청승 떠는 것도 아닙니다. 혜원 씨가 말씀하셨잖아요. 인생에서 가장 소중한 기억이라고. 긴 침묵이 이어지고 내가 다시 말을 이어가려는 무렵 윤이 입을 열었다. 혜원 씨. 아직 제게는 평생을 살아갈 만큼 삶에 큰 비중을 차지하는 그런 기억은 없는 것 같습니다. 하지만 혜원 씨가 그해 여름의 기억으로 살아가는 것처럼 제가 그 빈 반쪽을 채워드리며 저도 소중하고 행복한 기억을 만들 수 있지 않을까요. 어쩌면 제 한순간의 기억에 혜원 씨도 포함될 수 있지 않을까요.

낯간지러운 말을 무덤덤하게 잘도 하는 인간이었다. 괜히 싱숭생숭해진 맘에 말을 돌렸다. 아, 그건 그렇고요 윤 씨. 우리 지금 어디 가요? 윤이 그건 생각도 못했다는 듯한 표정을 짓더니 다시 시동을 걸었다. 탈탈 소리와 함께 몸이 떨리기 시작했다. 장 보러 갈까요. 윤이 덤덤하게 말했다. 그래요. 그럼. 다시 정적이 찾아왔다. 하지만 이번엔 불편하지 않았다. 그렇게 마트에 도착하고 나서 아까와는 사뭇 달라진 분위기에 눈치를 보며 윤에게 말을 걸었다. 윤 씨, 우리 집에서 저녁 먹고 갈래요? 제가 수제비 해줄게요. 윤은 알겠다며 고개를 끄덕였다. 밀가루와 애호박, 양파, 감자를 카트에 담으며 생각했다. 아까 한 그 말, 무슨 뜻일까.

건조한 윤의 말투를 따라 작게 중얼거렸다. 목이 간질거렸다. 입안이 텁텁해 혀를 볼 안쪽에 문질렀다.

한참을 멍하게 서 있는 나를 보더니 윤은 대뜸 수제비를 많이 먹을 것이란 말을 했다. 의아했지만 알겠다고 했다. 그렇게 계산을 마치고 돌아가는 길, 언제나 그랬듯 내가 하고 싶은 말을 하고 윤은 짧게 대답해 주는 식으로 정적을 메워나갔다. 돌아올 때는 기분 탓인지 그리 오래 걸리지 않았다. 집에 오자마자 손을 씻고 수제비 반죽을 했다. 반죽을 숙성시키는 동안 멸치와 다시마로 육수를 냈다. 슬쩍 뒤를 돌아보니 윤은 손바닥으로 턱을 받치고 앉아 가스레인지 앞에 선 내 모습을 빤히 보고 있었다. 기분 탓인지 살짝 웃고 있는 것 같았다.

나는 큼지막하게 썬 감자와 반달 모양으로 썬 호박, 그리고 길게 어슷 썬 김치와 양파를 도마의 모서리로 몰았다. 그리고선 냉장고에서 반죽을 꺼내 치대기 시작했다. 꺼낸 직후에는 차갑고 딱딱하던 반죽이 몇 번 치대자 손의 열기에 녹아 말랑해졌다. 반죽을 왼손에 쥐고 오른손 검지와 중지로 펼쳐 당겼다. 얇아진 반죽을 뚝뚝 떼어 끓는 육수에 던졌다. 절반쯤을 떼어 넣은 후 준비해 두었던 채소들을 쏟아붓고 다시 나머지 절반을 떼어 넣었다. 반죽이 하얗게 익으며 도톰하게 부풀어 떠올랐다. 수제비 냄비를 가운데 두고 자리에 앉았을 때였다.

윤이 대뜸 입을 열었다. 혜원 씨의 여름에도 제가 있을까요? 있었으면 좋겠습니다. 그 언제나처럼 무덤덤하고 차분한 목소리로 윤은 그렇게 말했다. 가슴이 쿵 내려앉는 기분이었다. 혜원 씨, 혜원 씨? 날 부르는 윤의 목소리에 정신이 번쩍 들었다. 무어라 대답을 해야 할지 모르겠어서 그저 윤의 그릇에 수제비를 한가득 퍼 담아주며 많이 먹으란 말만 반복했다. 이후로 윤이 무어라 더 말을 했지만, 쿵쿵거리는 심장 소리에 먹혀 전혀 들리지 않았다. 머릿속에서 불꽃놀이가 일어난 것 같았다. 그렇게 한참 동안이나 불꽃놀이는 계속되었고 윤이 엄지와 중지로 '딱' 소리를 내 눈앞에서 내고 나서야 나는 정신을 차렸다.

혜원 씨, 괜찮아요? 얼굴이 빨개요. 걱정스러운 표정으로 손바닥을 이마에 갖다 댔다. 이마가 뜨거워요. 열나는 거 아니에요? 평소에는 돌 같던 말투가 오늘따라 왜 이렇게 유들유들한지, 내가 지금 느끼는 이 감정은 뭔지 도무지 알 수 없었다. 목 안이 다시 매캐해져 헛기침을 했다. 정제되지 않은 감정들이 사방을 떠다녔다. 하고 싶은 말이 많았지만 입을 열면 목소리가 떨릴 것 같아 대답 대신 수제비를 한 술 떠먹었다. 칼칼한 국물과 쫀득한 반죽의 조합이 좋았다. 나를 걱정스레 바라보던 윤도 이내 시선을 거두고 수제비를 떠먹었다. 약간의 정적이 흐르고 고개를 들어보니 윤이 웃고 있었다. 활짝, 이를 드러내고. '해사하다' 그 자체인 표정이었다. 이상하다. 분명 알코올도 들어가지 않았을 텐데. 어째서 저렇게 웃는 거지.

윤은 눈꼬리가 휘어지게 웃으며 말했다. 맛있네요, 수제비. 나도 장난스럽게 웃으며 대답해 주었다. 그럼요, 누가 만든 건데. 아 참, 냉장고에 막걸리 있는데. 드실래요? 윤은 엷은 웃음을 띤 채로 답했다. 좋죠. 밤 막걸리를 대접에 따르며 윤을 바라봤다. 다시금 목이 간질거렸다. 대접째로 '짠'을 외치고 한 모금 들이켰다. 알싸하고 달콤한 맛이 혀를 자극했다. 열어놓은 창문 사이로 선선한 바람이 들어왔다. 달큼한 밤이었다.

아
파
트

김민지

　작고 냄새나는 화장실 거울 앞에 섰다. 한 움큼씩 쥐고 머리카락을 싹 둑싹둑 잘라내기 시작하였다. 세면대에는 머리카락이 들어가 물이 더 이상 내려가지 않았다. 막혔다. 물이 주르륵 넘쳐 흘러내리고 있었다. 물이 넘쳐흘러 쏟아지는 소리가 파묻히는 이 숨 막히는 집에서 사는 삶 은 지긋지긋 하였다.

　우리는 빌라에서 살고 있다. 좋게 말해서 빌라지, 반지하집이나 다름 없다. 할머니는 폐지를 주우러 다니셨고, 아빠는 매일 같이 일에 지쳐서 기어들어왔다. 아빠가 무엇을 하고 왔는지는 궁금하지 않았다. 동생들 은 없다. 있었는데 지금은 없다. 할머니는 내게 살아남으려면 돈을 벌 수 있어야 한다고 말했다. 8살 때부터, 돈을 벌기로 마음먹었다. 머리카락 을 잘라서 미용실에 가져다주면 돈을 벌 수 있다는 얘기에 머리카락을 잘랐다. 처음 머리카락을 잘랐을 땐, 눈물이 세면대에 가득 차 넘쳐흘렀 다. 하지만 미용실에서는 머리카락을 받으려고 하지 않았다. 내 머리카 락을 받지는 않았지만 그래도 매번 주방가위로 잘랐다. 세면대가 막혀 물이 넘쳐흐르는 모습이 정말 아름다웠다.

나는 매일 집 밖을 나와 아파트로 걸어갔다. 미용실을 지나, 문을 닫은 자전거 가게 쪽으로 걸어가다 보면, 아파트 단지들이 나온다. 집에서 고작 6분 거리다. 저기 사는 사람들은 우리를 볼 수 있을까. 우리도 같이 살아간다는 것을 알고 있을까. 사람들은 우리의 존재를 잘 모른다. 사람들이 드나드는 길에 우리는 힘겹게 살아가고 있지만, 그 사람들은 아름답고 예쁜 것만을 바라본다. 절대 아래를 내려다보지 않는다. 절대로.

아파트는 그들만의 세상이다. 아파트 입구부터 울타리가 높게 처져 있어 외부 사람들은 들어갈 수도 없었다. 나는 매일 높은 울타리를 넘어 놀이터로 향했다. 아파트 놀이터에는 흥미를 끌만한 것이 꽤나 있는데, 특히 분수가 항상 내 눈을 끌었다. 분수의 물이 넘쳐흐르는 모습이 세면대의 모습과 불쾌하게 닮아있다. 이 분수는 위로 물줄기를 뿜내며 빛이 나는 반면, 나의 분수는 숨이 막혀 질식하는 중이긴 하지만.

......

나는 더 이상 그 아파트로 가는 길이 기억이 나지 않았다. 나는 여전히 사람들이 자주 지나다니는 길 아래에서 살고 있다. 사람들은 여전히 우리의 존재를 몰랐다. 아래를 내려다보지 못하는 그들은 절대 우리를 보지 못하였다.

머리카락을 더 이상 자르지 않기로 하였다. 머리카락을 자르는 나의 모습도 역겨워보였다. 대신 계속 길렀다. 언제 자르게 될지는 모르겠지만 그때가 온다면 자르게 될 테니까.

특별한 인생을 위하여

김하나

그 사람과의 첫 만남은 내 인생 가장 황당하면서도 당혹스러운 순간일 것이다. 당신의 안경을 아십니까? 처음으로 본 사람에게 들은 말 치고는 생전 처음 듣는 말이었다. 지금은 친한 친구지만 그때 내가 한 잘 못이 없었더라면 나는 노아의 뺨을 쳤을지도 모른다. 나중에 가서 노아에게 사람들에게 항상 그런 질문을 했냐고 물었다. 내 질문에 노아는 이전까지의 기억이 떠오르는지 얼굴이 달아오르기 시작했다. 노아는 치기 어린 시절의 실수는 부디 잊어달라고 부탁했지만 그럴수록 놀려주고 싶은 마음이 드는 건 어쩔 수 없다. 나와 만나기 전의 노아라면 어떻게 대답했을까. 눈을 빛내며 단호하게 부정했을지도 모른다. 특별한 것을 좋아하는 그니까 평소 보기 힘든 안경일 때만 그런 말을 할 것 같다. 아마 묻지도 않은 안경의 종류를 늘어놓겠지. 양쪽 알이 앞뒤로 뒤집어진 안경, 잠자리 안경, 투명한 안경, 괴한이라도 만난 건지 어딘가 찌그러진 안경, 시계처럼 초침과 분침, 그리고 시침이 돌아가는 안경 같은 말도 안 되는 안경들을 봤다고 자랑할지도 모른다. 내가 생각했을 때에는 전부가 이상한 안경이지만 그의 눈에는 나름 특별한 안경인 것처럼 굴 것이다. 만약 내가 노아와 만나지 않았더라면 그는 아직도 사람들에게 자신이 특별한 안경을 볼 수 있다고 말할지도 모른다. 그 안경을 보면 어떤 성격인지도 맞출 수 있다며 자신의 눈을 세상에 단 하나뿐인 특별한 보물처럼 여기고 있을지도 모른다.

그 남자를 처음 만났을 때의 난 할 일이 없는 백수였다. 나는 도착지 없이 그저 흘러가기만 하는 시간이 아까워 집 밖을 돌아다녔다. 집 근처는 아는 사람을 만날까 봐 이왕이면 집에서 먼 곳을 선택했다. 그날도 평소처럼 배낭을 메고 집에서 꽤나 떨어져 있는 강가에 갔다. 벤치에 앉아 티가 나지 않게 사람들을 관찰하며 시간을 보내고 있었다. 운동복을 입은 남자가 강을 따라 달리고 있다. 그 반대편에는 모자를 쓴 여자가 유모차를 끌고 다닌다. 벤치에 기대 그런 사람들을 구경했다. 내가 벤치에 앉아 가만히 있지 않고 저 사람에게 말을 건다면, 나는 그 사람의 인생에서 생판 남인 사람보다는 특별한 사람이라고 할 수 있을까. 그 질문에 대한 답을 찾기도 전에 어떤 남자가 내게 말을 걸어왔다. 처음에는 그냥 사람들을 관찰하고 있다는 걸 걸린 줄 알았다. 가끔 자신을 쳐다보고 있다고 화를 내는 사람이 몇몇 있었다. 다급한 마음에 고개를 돌리자 말을 건 상대도 놀랐는지 발을 헛디뎠다. 남자가 넘어진 것 자체로는 그리 큰 문제가 아니었다. 미안하다는 진심 어린 사과 몇 마디면 서로 평화롭게 넘어가도 괜찮을 문제였다. 하필 남자가 발을 잘못 헛디뎌 넘어진 쪽이 강가였다는 점과 그의 손에는 꽤나 비싸 보이는 카메라가 들려 있다는 점만 뺀다면 그렇게 큰 문제는 아니었을 것이다. 그 남자가 넘어져 강에 빠지기까지의 시간은 마치 스톱모션처럼 느리게 흘러갔다. 안타깝게도 나의 시간 역시 느리게 흘러가 영화 속 주인공처럼 그 남자를 멋지게 구해내는 기적은 일어나지 않았다. 그 이후는 누구나 예상할 수 있듯 그 남자는 강물에 빠졌고 카메라는 그 바닥에 처박혔다. 내가 주로 가던 강이 깊은 곳이 아니어서 다행히 카메라를 금방 건져낼 수 있었다. 나는 이 모든 일이 나 때문에 벌어진 일인 것 같았다. 나는 충격에서 헤어 나오지 못해 벤치에서 일어나다 만 자세로 망부석처럼 굳어버렸다. 오히려 남자는 화를 내거나 당황한 듯한 기색조차 보이지 않았다. 남자는 자신을 그저 쳐다보기만 하는 내게 아무렇지 않게 다시 물었다. 당신의 안경을 아십니까? 그 남자의 젖은 옷이 아니었다면 다른 사람들은 그가 강에 빠졌다는 사실을 믿지 않을 것이다. 내가 평소라면 사이비라며 인상을 쓰고 화를 냈을 것이다. 하지만 철면피인 사람이라도 이런 상황에는 얌전히 받아줬을 것이다. 문득 그 남자의 뒤편으로 물에 빠진 카메라가 눈길을 끌었다. 귓가에 통장의 울음소리가 들리는 것 같다.

그 남자는 분명 강에 빠졌는데도 화를 내지 않았다. 화를 내기는커녕 웃으며 이상한 소리만 하는 남자를 보며 수건을 꺼내 내밀었다. 아침에 집에서 나올 때 작은 배낭에 수건을 챙기길 잘한 것 같다. 날이 더워 강가에서 발이라도 담글까 싶은 마음에 수건을 챙겼던 아침의 나에게 심심한 감사 인사를 보낸다. 남자는 자신의 질문에 대답이 없어도 웃으며 말을 이어갔다. 남자는 내가 지금 쓰고 있는 안경이 희끄무레해서 살짝 투명하게 보인다고 말했다. 처음에는 요즘의 다단계가 인상이 아니라 안경으로 하는 걸지도 모른다는 생각이 들었다. 내가 그 남자의 말이 신종 사기 수법인지를 고민하는 사이 그 남자는 어느새 건져 올린 카메라를 살펴보고 있었다. 고민도 잠시 카메라를 보자마자 눈을 가만히 둘 수가 없었다. 그 남자는 내가 그와 카메라를 흔들리는 눈동자로 바라보는 걸 알아차렸는지 배상할 필요는 없다며 괜찮다는 말을 했다. 남자는 좀 더 이야기를 나누고 싶어 했지만 A/S센터에 가봐야 하는지 아쉬운 표정으로 작별 인사를 했다. 그 남자는 고양이에게 쫓기는 생쥐처럼 빠르게 사라졌다. 이 상황이 나만 이해가 안 되는 걸까. 시작과 마무리 둘 중 무엇 하나 해결된 게 없는 것 같다. 한동안 이 근처는 얼씬도 하면 안 될 것 같다.

그렇게 한 번 크게 데이고 난 뒤, 나는 며칠을 참지 못하고 집을 또 나섰다. 이번에는 평소 가지도 않던 집 근처 공원으로 갔다. 차마 그 강가 근처로는 얼씬도 하고 싶지 않아 내린 선택이었다. 최악보다는 차악이 못해도 1퍼센트나마 희망적일 것이다. 그런 나의 희망은 집을 나선 지 1시간도 안 돼서 수능이 막 끝난 고3이 찢어버린 학습지마냥 처참하게 찢겨 나갔다. 다시 만나게 돼서 반가웠던 건지, 그때처럼 해맑은 웃음으로 무장한 채 다가오는 그 남자의 뒷모습에서 어째서인지 포식자의 그림자가 보인 것 같다. 남자는 오늘도 내게 다가와 그때처럼 안경에 대한 이야기를 했다. 남자는 공원으로 가는 길에 오랜만에 잠자리 안경을 봤다며 아이처럼 즐거워했다. 어쩌면 이 사람은 사이비가 아니라 아직 산타의 존재를 믿는 보기 드문 사람일지도 모른다. 그렇게 생각하니 어쩐지 마음이 편안해졌다. 나는 조심스럽게 카메라에 대한 이야기를 꺼냈다.

"그 고민이 카메라 값 때문이라면 주시지 않아도 괜찮습니다."

처음에는 내가 무의식적으로 속마음을 내뱉었다고 생각했다. 얼빠진 내 표정을 보고 세상이 떠나가라 웃던 그는 그 대신 자신의 이야기를 들어달라고 말했다. 큰 호응은 바라지도 않는다는 듯 고개를 젓던 그는 사람들이 제 말을 들으면 화를 내거나 무시하기만 한다며 한숨을 내쉬었다.

그가 나를 만나기까지의 이야기는 멀리서 보면 희극, 가까이서 보면 비극이었다. 그가 날 처음 봤을 때 했던 질문이 "안경을 아십니까?"였던 이유는 그의 한국인 친구가 친 장난 때문이었다. 그와 친한 한국인 친구가 장난삼아 알려준 말을 그대로 받아들인 순진한 외국인의 비애였다. 그 덕에 질문을 날리는 족족 거절당했다며 온몸으로 비극적인 자세를 하는 그에게 이상한 낌새를 느끼지 못했냐고 물었다. 그러자 돌아오는 대답은 가관이다. 갈수록 이상하다 여겨 그 친구에게 다시 물었지만 한국인은 외국인을 대하는 걸 어렵게 여긴다는 대답이 왔다고 했다. 그런 그가 불쌍했던 건지 아님 아직 카메라 때문에 미안해서인지 평소라면 안 할 짓을 했다.

"그냥 연 끊어요. 엄청 친한 친구 아니면."

그의 친구가 알려준 말의 진실을 말해 주니 그의 얼굴이 파프리카처럼 변해갔다. 그래도 신고는 안 당한 것 같았다. 신고가 되는지는 모르지만 불행 중 다행이다.

"그 친구의 안경은 투명한 안경이죠. 평소에 잘 안 속아줘서 심술을 좀 부린 것 같네요. 걱정은 감사해요."

남자는 내가 그의 말을 듣고 있는지는 관심이 없는 듯해 보였다. 내가 대답을 하지 않아도 그는 계속해서 친구에 대한 이야기를 늘어놓았다. 그가 친구와 처음 만났던 때는 한국인인 어머니를 따라 처음으로 한국에 갔을 때였다고 했다.

남자는 그의 친구를 7살에 처음 만났다. 안경이 보이기 시작한 뒤로 안경이 보이지 않던 사람은 그 친구가 처음이었다. 보이지는 않지만 무언가가 어렴풋이 있는 것처럼 느껴져 그 안경을 투명한 안경이라 부르기로 혼자 약속했다. 그 친구가 그와 비슷한 안경이라 그는 자신과 성격이 비슷할 거라고 예상했다. 그런 그의 예상은 빗나가지 않았다. 성격이 비슷해 죽이 잘 맞던 친구는 지금까지도 자주 만나며 지내고 있다.

"그런가요."

내가 그 남자의 이야기를 듣고 난 뒤의 대답은 짧고 명료했다. 그가 거짓말을 하고 있는지 정말 진실인지는 궁금하지 않았다. 만약 사실이라고 해도 그가 사람의 얼굴을 보면 정말 남들 눈에는 보이지 않는 안경을 볼 수 있는지, 그 안경이 뭘 의미하는지에 대해 내가 굳이 궁금해할 이유는 없었다. 궁금증이 개미 발톱만큼 들기는 하지만 그뿐이다. 정말 그뿐인 사이. 내 반응이 신기했던 건지 남자는 내 대답을 듣고 눈을 동그랗게 떴다. 저러다가 눈알이 잘못하면 빠질 수도 있지 않을까. 혹시 몰라 예전에 배웠던 눈이 빠졌을 때의 대처법을 생각해 내려고 머리를 빠르게 굴렸다.

공원에서의 만남이 그 남자의 마음에 들었던 것 같다. 내 대답에 물이 들어가 어딘가 고장 난 기계처럼 굴었다. 그런 그의 반응에 오히려 내가 얼어붙었다. 서로를 그렇게 얼빠져 쳐다본 우리는 일순 차가운 물이 쏟아진 듯 온몸을 떨었다. 그마저도 이상하게 느껴져 고개를 돌린 그가 부탁을 해왔다.

"내일 8시에 시간 괜찮으신가요? 옆 동네에 있는 공원에서 보여드리고 싶은 게 있어요. 컨테이너가 있는 공원이에요."

그 남자는 대답도 듣지 않고 내 시야에서 멀어졌다. 멀어지는 그의 뒷모습을 붙잡지 못하고 바라만 봤다. 옆 동네에 공원이 한곳만 있지는 않을 것이다. 그 생각이 뇌리에 스치는 순간 나는 그를 붙잡기 위해 무작정 달리기 시작했다. 지금 그를 붙잡지 못한다면 나는 팔자에도 없는 보물찾기를 해야 한다. 그렇게 그가 간 방향으로 1분 동안 달린 결과, 나는 보물찾기를 할 팔자가 됐다.

지도로 공원을 찾으려 했지만 아무리 봐도 모르겠다. 옆 동네에 사는 지인들 여럿에게 물어가며 이 공원 저 공원을 찾아보다가 드디어 컨테이너가 있는 공원을 발견했다. 집에서 1시간 일찍 출발했기에 제시간에 도착할 수 있었다. 평소처럼 느긋하게 출발했으면 제시간은커녕 지각할 게 눈에 훤하다. 내가 도착했을 때 그 남자는 미리 와 있었는지 컨테이너 뒤에 있는 벤치에 앉아 있었다. 벤치는 공원이 만들어진 이후 따로 손본 적이 없는지 세월의 흐름이 묻어 있었다. 내가 도착한 사실을 모르는지 그는 태양이 지고 있는 하늘을 바라만 보고 있었다. 하늘만 쭉 쳐다보는 그의 눈동자 앞에 나는 내 몸을 끼워 넣었다. 갑자기 나타난 사람에 그는 벤치에서 벌떡 일어났다. 다행히 제때 몸을 뒤로 빼 첫 만남처럼 내가 강에 빠지지도, 카메라를 망가트리지도 않았다. 물론 빠질 강이나 카메라는 안타깝게도 없었다. 그는 허공에 헛손질을 몇 번 하더니이내 주먹을 쥐었다. 잡아주려 했던 것 같지만 안타깝게도 내가 넘어지지를 않아서 그에게는 불행이 될까. 그는 민망한지 손을 뒤로 빼며 언제

왔냐고 물어왔다. 방금 왔다고 대답하며 그를 벤치에 앉히고 나 역시 그의 옆에 앉았다. 그는 몇 초간 가만히 생각하는 듯 허공을 바라봤다. 그러더니 벤치 앞에 있던 컨테이너를 가리켰다. 그가 들려주는 컨테이너에 얽힌 사연은 마치 소설 같았다. 뉴스에서나 볼 법한 이야기들이 그의 입을 타고 흘러나왔다.

그가 10살 남짓한 아이일 때의 일이었다. 그는 부모님이 휴가차 한국을 방문하게 되어 들뜬 마음이었다. 그래서일까 그는 사람이 그리 많지 않던 곳에서 이곳저곳을 구경하다가 길을 잃었다. 길을 잃어 부모님과 떨어지게 된 어린아이들 대부분이 그러하듯 그도 어찌할 줄을 몰라 길거리에서 울고 있을 때였다. 그러다가 발견한 게 이 컨테이너였다. 살짝 열린 컨테이너 틈 사이를 뚫고 그 안에 가만히 앉아 고개를 다리 사이에 파묻었다. 어둠이 무서울 만도 했을 텐데 그동안 쌓인 긴장이 풀렸기 때문일까 그대로 잠들어버렸다. 그가 그렇게 잠든 사이, 당연히 그의 부모님은 사라진 아이를 찾으러 사방팔방을 뛰어다녔다. 간신히 컨테이너 속에서 잠든 그를 깨웠다. 컨테이너에서 나왔을 때 본 노을은 그가 난생처음 본 분홍빛의 노을이었다. 어머니의 고향이라 그는 한국에 들를 때마다 매번 노을이 보이는 시각에 이곳 벤치에 앉아 하늘을 바라봤다.

"실은 이번에 한국에 온 이유도 노을을 다시 보려고 왔어요. 덕분에 의도치 않았지만 특별한 인연도 생겼네요. 그 덕에 노을은 제 인생에서 더 특별해졌어요."

"특별한 걸 좋아하시나 봐요. 나쁘지는 않지만 그렇다고 모든 게 특별할 필요는 없다고 봐요 난."

그는 내 생각에 동의하지 못하는 듯했다. 그는 이왕이면 특별한 게 좋지 않냐며 내게 되물었다. 나는 그런 그에게 특별함은 오히려 불편한 존재가 될 수도 있다고 했다. 특별하다는 건 그 자체로 득이 될 수도 있지만 그만큼 독이 될 수도 있다. 그렇다고 그가 특별함을 원하는 것 자체를 이해하지 못하는 건 아니었다. 특별하다는 단어는 그 자체로 사람을 홀리게 만든다. 나 역시 어릴 때는 특별한 사람이 되고 싶었다. 소설이나 영화 속 주인공처럼 용기 있고, 모두에게 사랑받는 사람이 되고 싶었다. 어떤 영화의 마법 학교 초대장을 기다려보거나 TV에서 본 만화 속 주인공처럼 연기를 했던 차마 웃지 못할 흑역사도 있다. 그러던 내가 그런 특별함의 위험성을 생각하게 된 이유는 별거 아니었다. 중학생 때 좀비가 나오는 소설을 읽고 난 뒤 자신도 이런 소설의 주인공이 되면 어떡해야 하는지 고민한 적이 있다. 아마 그날 밤 좀비들에게 쫓기는 악몽을 꿨던 것 같다. 그 이후로 특별한 사람이 되고 싶다는 생각은 접었던 것 같다. 내 인생의 장르는 생사를 넘나드는 스펙터클보다는 잔잔한 치유물이었으면 좋겠다는 소소한 나의 바람도 그때 생겼다. 나의 이런 생각을 들은 그는 잠시 고민하는 듯했다가 내게 물었다.

"그렇다면 당신은 사실 이 모든 게 거짓이라면 어떻게 하실 건가요?"

"무슨 대답이 듣고 싶은지 모르겠지만 제 생각에는 화를 낼 것 같지는 않네요."

내 대답을 들은 그는 나를 빤히 바라보았다. 그러더니 내 전화번호를 물어봤다. 그는 고국에 돌아가서도 연락하고 싶다고 했다. 그 말과 함께 내 전화번호를 적어달라며 종이와 펜을 내밀었다. 지금 당장 휴대전화가 없는 것은 아닐 텐데도 종이를 내미는 그에게 아무런 말없이 펜으로 내 전화번호를 적어 건넸다. 그는 내가 건넨 종이를 받아들고는 웃으며 물어왔다.

"이렇게 함부로 개인 정보를 알려주셔도 괜찮아요? 제가 이걸로 무슨 짓을 할지 어떻게 아시고 막 줘버려요."

"그건 그때 가서 생각하겠죠. 아직 일어나지 않은 일을 신경 쓰면 인생이 너무 피곤하지 않을까요."

"당신은 참 특이한 것 같으면서도 평범한 것 같네요."

그 말을 끝으로 그는 내게 인사를 건네며 떠나갔다. 그가 원래 있던 곳으로 떠난 지 몇 달 뒤, 내가 그때의 만남을 잊어가던 차에 그는 연락했다. 처음에는 자기가 직접 말하지는 못하고 문자만 보내왔다. 오랜만이라던가 자신을 안 잊었냐는 문자에 나는 아마 웃으며 대답해 줬던 것 같다. 며칠간은 그 이후로 무엇을 하며 지냈는지 서로의 일상에 대해 문자했다. 말할 거리가 거의 다 떨어져가던 때에 그는 결심을 했는지 내게 전화를 걸어왔다.

"그냥 문자로 말하기에는 너무 무책임한 것 같아서 이 말만큼은 꼭 직접 말하고 싶었어요."

그가 전화로 내게 한 말은 이미 예상했던 말이었다. 그렇게 헤어지기 전에도 티를 내기도 했고 그전에도 낌새가 있었기에 그리 충격적이지는 않았다. 그냥 그가 이 말을 내게 전하기까지의 노력이 가상하다는 생각이 들었다. 누군가를 속이는 것도 힘들지만 속였다는 사실을 말하는 것은 그 이상의 용기가 필요했다. 나는 심호흡을 몇 번 하고 그에게 말했다.

"사실대로 말해 줘서 고마워요."

그 짧은 말 한마디가 누군가를 울음바다로 만드는 건 그리 오랜 시간이 걸리지 않았다. 전화 너머로 간간이 들려오는 작은 소리를 들으며 나는 아무런 말없이 그가 이어갈 다음 말을 기다렸다.

처음에는 그도 이렇게까지 할 생각은 없었다. 초등학생일 때의 그는 원래 말이 많은 편이 아니었다. 소심한 성격인데도 같은 반 친구가 다른 아이들에게 받는 선망 어린 시선이 가면 갈수록 부러웠다. 자신과 같은 어린애이면서도 어른들에게 칭찬을 받는 친구를 볼 때면 마음 한구석이 아렸다. 그래서 그는 거짓말을 했다. 어디서 그런 용기가 나왔는지 그 친구와 함께 다니던 다른 아이를 속였다. 그의 말에 단단히 넘어가 버린 그 아이는 그가 바라던 그 눈빛을 보냈다. 그 달콤함을 한 번 맛보고 나니 그는 거짓말을 끊을 수 없었다. 뭐든 처음이 어렵듯 그는 점차 거짓말에 능숙해졌다. 같은 반 아이 전부를 속였을 때 느낀 그 감정은 잊을 수가 없었다. 영원할 것 같던 그의 거짓말이 탄로 난 건 아주 작은 우연 때문이었다. 같은 반 아이 중 한 명이 다른 반 친구에게 그에 대해 말을 꺼낸 것이다. 하필 그 말을 들은 다른 반 아이가 어른스러운 편이 었는지 그의 거짓말을 알아차렸다. 그 뒤로는 난장판이었다. 선생님이나 다른 어른들은 그냥 장난이라고 생각하고 넘겼지만 같은 아이들은 달랐다. 거짓말이 들통난 뒤 그는 매번 따가운 눈초리를 받았다. 아이들이 속은 게 부끄러워서 다른 반 아이들은 잘 몰랐지만 그는 초등학교를 졸업하기 전까지 친한 친구를 만들지 못했다. 그는 도망가듯 일부러 집에서 먼 중학교로 진학했다. 그 사건 이후 그는 철저하게 행동했다. 실수로라도 안경에 대해 말을 꺼내지 않도록 조심했다. 그가 날 처음 보자마자 내게 거짓말을 한 건 평소의 그답지 않은 충동적인 행동인 듯했다. 왜 그런 행동을 했는지 정확히는 알 수 없다. 아마 나와의 첫 만남이 그가 평소 바라던 특별함에 가까워서가 아닐까 싶었다. 그는 나와 만난 뒤 한 친구에게 조언을 구했다고 했다. 그는 자세한 상황을 설명하지는 못했는데, 그 때문에 연인 관계로 오해를 해버렸다고 한다. 밀당이 중요하다며 몇 달간은 그냥 내버려 두라는 말을 철석같이 믿은 그는 이를 그대로 실행했는지, 그 결과가 지금의 상황이다.

"그런데 혹시 그 친구가 한국에서 처음으로 사귄 친구는 아니겠죠?"

"어떻게 아셨어요?"

"그쯤 되면 그냥 절교하는 게 어때요?"

내 말을 그저 농담으로 여겼는지 그는 실없이 웃기만 했다. 긴장이 풀린 건지 그 웃음소리가 자연스럽게 들려왔다. 그간의 진솔한 고백으로 굳어 있던 안색이 괜찮아진 것 같았다. 나는 그에게 왜 하필 사람의 속마음을 알 수 있는 안경을 골랐냐고 물어봤다. 내 질문에 대한 그의 대답은 순수하면서도 웃음이 나오는 대답이었다. 알고 보니 그는 어릴 때

부모님께서 읽어주셨던 동화책을 바탕으로 만들었다고 했다. 어렴풋이 기억나는 동화지만 주인공이 누군가의 마음을 읽을 수 있었던 게 신기했다고 한다. 그의 말을 듣고 생각해 보니 분명 그와 비슷한 내용의 동화책을 읽었던 기억이 있는 것 같다. 예전에 호기심이 생겨 찾아봤던 동화였다. 아마 그 동화가 원작인 소설과 결말이 꽤나 달랐을 것이다. 그래서 나는 그에게 원작을 알고 있냐고 물었다. 그는 원작을 모르기에 그런 상상을 했을 것이다. 나는 그에게 원작인 소설의 결말을 들려줬다. 사람들은 원작이 소설인 동화를 아이들의 수준에 맞게 각색했다.

　동화의 주인공은 특별한 눈을 가지고 있었다. 사람들의 마음을 읽을 수 있는 신묘한 아이였다. 그 눈으로 마을 사람들의 속마음을 간파하며 놀던 아이는 날이 갈수록 그 능력을 함부로 사용하기 시작한다. 그 탓에 소꿉친구인 두 아이와 사이가 나빠지고 마을 사람들에게도 점차 미움을 받게 된다. 어느 날 아이가 평소처럼 심한 장난을 치는데, 하필 여행으로 그 마을에 놀러 온 연인이 그 대상이 되어버린 것이다. 연인이라 생각했던 이들이 알고 보니 마을의 곡식창고를 털려고 계획한 도둑들이었다. 알고 보니 그들은 여행을 다니는 연인으로 위장해 마을을 털고 다녔던 것이다. 아이는 그 속셈을 알아차리고는 마을 사람들에게 사실을 말했다. 그러나 아이의 평소 행실 탓에 사람들은 아이의 말을 믿지 않았다. 결국 그날 밤, 연인으로 위장한 도둑은 마을의 곡식 창고를 털었고 마을 사람들은 그 사실을 아침에 깨달았다. 그들은 뒤늦은 후회를 하지만 이미 도둑이 떠난 뒤였다. 그런데 아이가 땅을 치고 후회하는 마을 사람들을 마을 외곽의 빈 창고로 데려갔다. 그곳에는 다음 수확 시기까지 버틸 수 있는 양의 곡식이 쌓여 있었다. 알고 보니 아이는 혼자서라도 곡식 창고의 곡식늘을 옮겼던 것이다. 그 이후 마을 사람들과 아이는 서로의 잘못을 사과하며 오래오래 평화로운 삶을 살았다고 한다.

　사람들이 각색한 동화는 결국에는 모두가 행복해졌다는 결말과 교훈을 담고 있는 이야기다. 하지만 소설의 결말은 동화와 달랐다. 소설 속 아이는 그날 이후 자신이 영웅이 된 것처럼 굴었다. 이전처럼 속마음을 알아보고, 이를 이용해 심한 장난을 치는 아이를 마을 사람들은 곱게 보지 않았다. 서로 간의 감정의 골이 점점 깊어져 갔다. 끝에 가서는 아이에게 원한을 품은 사람들도 생겨났다. 그들은 아이에게 누명을 씌워 마을에서 쫓아냈다. 그 과정에서 아이는 자신이 가지고 있던 특별한 눈을 사람들에게 빼앗기게 된다. 아이를 특별하게 해주었던 그 눈이 결국 그 아이를 죽음으로 내몰게 된 원인이 되었다. 이제는 가진 거라고는 몸뿐인 아이를 도와준 사람은 다름 아닌 그와 한때 친하게 지냈던 소꿉친구들이었다.

나는 그에게 이 이야기를 들려주며 몇 마디를 덧붙였다. 스스로를 특별하게 가꾸는 것은 좋다. 하지만 어떤 것이든 과하면 독으로 돌아올 수 있다. 그가 소설 속 아이처럼 행동하지는 않겠지만 그의 행동이 그를 위험하게 만들 수도 있다. 심지어 그 모든 게 거짓이라면 더욱 해서는 안 되는 일이다. 그런 일은 벌어지지 않는 게 좋지만 만약 그에게 누군가가 속아 넘어가고 거짓이라는 걸 들키게 된다면 어떻게 될까. 나는 그의 거짓말을 그리 신경 쓰지 않았다. 그러나 다른 사람들도 나와 똑같이 행동할 가능성은 거의 없다. 만약 그 사람이 원한을 품게 되면 큰 사고로도 이어질 수 있다. 그가 위험해지지 않았으면 좋겠다. 이름도 모르는 사이지만 그와 함께 보냈던 몇 안 되는 날들은 꽤나 재미있었기 때문이다. 나름 서로가 잘 맞는다는 생각도 들었다.

"아무리 자기 입으로 대단하다고 말해 봤자 남들의 인정이 없으면 의미가 없듯, 스스로를 특별하게 여겨도 혼자면 의미가 없어요."

개인의 특별함이 나쁜 것은 아니다. 오히려 없는 것보다는 훨씬 더 좋다. 하지만 그는 거짓으로 그를 꾸몄다. 그렇기에 알려주었다. 특별한 사람이 되는 것은 스스로 노력해서 되는 방법도 있지만 다른 사람을 통해서도 될 수 있다는 사실을 모르는 그에게 새로운 방법을 알려주었다.

"그럼 다시 시작해야겠네요. 제 이름은 이아리에요. 친해지고 나서 하는 통성명이라니 참 색다르네요."

"제 이름은, 노아 뮐러입니다. 편하게 노아라고 불러주세요."

처음에는 그가 한 말 때문에 사이비라고 생각했다. 물론 그 생각은 그와 대화를 나누는 사이에 오해가 풀렸다. 어딘가 이상한 사람이지만 그래도 재미는 있는 사람이 오해가 풀린 뒤의 그였다. 첫 만남은 최악이었지만 그와 보낸 며칠은 내 인생에 다시는 없을 거라 장담할 수 있다. 이 넓은 대륙에서 그날 하필 나와 그런 만남을 가지게 된 거라고 생각하면 꽤나 특별한 인연이 아닐까 싶다. 나라는 인간의 삶에서 바라볼 때 그는 나에게 충분히 특별한 사람이다.

휘
파
람

이연진

누군가 있다. 형체는 보이지 않지만 느낌이 그랬다. 야자를 마치고 밤 늦게 집에 돌아온 나는 집안의 전등을 켜며 생각했다. 깊은 밤, 정체불명의 그림자에 습격을 당한다는 괴담이 떠올랐다. 동시에 귀신과 같은 비과학적인 일은 없다고 생각했다. 창문이 덜 닫혀 바람이 새어 나오고 있다며 추측하고 있는 순간이었다. 떨리는 손은 문손잡이에 놓은 채 표정은 포커페이스를 유지했다. 이미 비과학적인 상상들이 가지를 뻗고 나아가고 있었다. 이런 현상은 무서워하면 더 큰 변을 당한다고 들었다. 문을 열며 당당하게 방 안에 들어갔다. 마음은 당당하지 않았다. 불을 켜는 순간 보이는 창문은 굳게 닫혀 있었다. 나는 바닥에 떨어져 차가워진 심장을 상상했다. 무서워하는 티를 내지 않기 위해 마음을 다시 붙잡았다. 나는 발을 빨리 움직여 잠옷으로 급히 갈아입고 화장실로 갔다. 화장실에 들어가서 안도했다. 화장실은 괜찮을 것이라는 생각은 어디서 나온 것인지 모르겠다. 프라이버시한 장소라서 귀신도 도리가 있다면 안 온다고 은연중에 생각했던 것일까. 나는 화장실에서 참았던 오줌을 누고 간단히 씻고 다시 방으로 들어가려 했다. 불을 끄기는 무서웠지만 씻고 나니 무서운 느낌이 익숙해졌다. 침대에 몸을 눕히고 잠에 빠지려는 순간이었다.

바람 소리라고 말하기엔 음이 선명한 소리가 들려왔다. 머리 앞에 있는 창문은 일찍이 굳게 닫혀 있는 것을 확인했다. 언젠가 보았던 공포영화를 떠올리며 나는 애써 눈을 감은 채 잠을 자려 하였다. 눈을 감고 있으니 귀가 더 열심히 소리를 찾고 있었다. 이상한 바람 소리를 무시하기가 쉽지 않았다. 애써 무시하는 나를 외면하듯 소리는 멈추지 않았다. 당장 일어나서 그 소리의 원인을 찾고 싶었지만 안 된다는 것을 직감적으로 알 수 있었다. 누워서 눈을 감은 지 한 시간, 사람은 적응의 동물이다. 나 또한 다르지 않다. 나는 무서운 마음이 들었지만 야자로 인한 육체적 피로가 나의 정신력을 이겼다. 잠에 빠져드는 순간까지 소리는 들려왔다. 어둠 깊은 곳으로 정신이 들어가면서 들려오는 소리는 어린아이의 서툰 휘파람 소리 같았다.

나는 초등학교의 놀이터에서 아이들과 함께 모래성을 쌓으며 휘파람을 불었다. 먼저 휘파람을 불기 시작한 아이는 형이 부는 휘파람 소리가 신기했다며 불기 시작했다. 그 아이를 시작으로 나 포함 다른 아이들은 서툴게 휘파람을 불었다. 두꺼비집을 만들면서 호기심에 분 휘파람은 소리보다는 바람이 더 많이 나왔다. 노을이 지는 오후 네 시. 학교를 마치고도 친구들과 놀고 싶었다. 아무 생각 없이 할 수 있는 단순한 놀이는 나를 매료시켰다. 우리는 지치지 않고 휘파람을 한 시간 동안 불었다. 노을이 보이지 않고 하늘이 군청색으로 물들었을 때 우리는 엄마를 생각하며 집으로 달려갔다. 집으로 향해 현관문을 연 순간, 나는 수험표와 함께 교복을 입고 있는 여자와 마주쳤다.

아침에 일어나 눈을 떴다. 자기 전 눈을 뜨지 않기 위해 애쓰던 노력은 허무하게 끝이 났다. 지난밤과 같던 소리는 이제 나지 않았다. 나는 머리맡 창문이 잘 닫혀 있는지 확인했다. 굳게 닫힌 창문의 손잡이가 날 맞이했다. 아침부터 소름이 돋는 팔에 인상을 썼다. 그런 생각이 이어갈 때쯤 나는 오늘이 월요일인 것을 알았다. 나는 어깨를 들썩이며 소심하게 놀란 후 학교를 가기 위해 화장실로 달려갔다.

해가 뜨는 아침에는 귀신이 안 나온다고 누가 확신했을까. 나는 버스를 타고 들려오는 휘파람 소리에 다시 놀랐다. 옆자리에서 내 마음도 모르고 천진난만하게 들려오는 소리는 짜증을 유발했다. 아무도 없는 옆자리의 휘파람 소리는 내가 애써 외면해야 한다는 것을 알려주고 있었다. 버스를 타고 30분을 달려야 학교에 도착한다. 휘파람 소리가 멈추지 않았다. 형체가 있다면 머리를 때려주고 싶었지만 때리면 내가 죽을 것 같았다. 겁먹은 마음과 함께 나는 한껏 예민해져 있었다. 어제 야자를 하고 피곤한 느낌이 아직 가시지 않았다. 정체 모를 소리의 원흉을 탓하고 있었다. 요란스럽게 휘파람 소리가 나지만 버스에 앉아 있는 그 누구도 눈길을 보내지 않았다. 이제는 내가 수능을 치고 머리가 이상해진 건지 의심이 들었다. 환청이 의심되는 나는 새끼손가락으로 귀를 후벼팠다.

교실에 도착하고 나는 친구들을 보았다. 나는 수능을 치고 갑자기 가벼워진 가방에 아직 적응하지 못하고 있었건만 몇몇 아이들은 가방을 들고 오지 않은 것이 보였다. 수능이 끝나고 추운 겨울의 한기에 지지 않고 바닥에 모여앉아 보드게임을 하고 있었다. 아침부터 활기찬 아이들과 다르게 내 귀에 들려오는 휘파람은 나를 심란하게 만들었다.

"희선이, 하이. 너도 할래?"

인사하는 아이들의 목소리와 함께 들려오는 휘파람 소리는 내 신경을 거슬리게 하기에 충분했다. 수능이 끝난 여유로운 아침을 이렇게 보내야 한다는 것에 억울해하며 나는 아이들 사이를 비집고 들어갔다. 아침 자습 시간에 보드게임을 하는 아이들 사이에서 서투른 휘파람 소리가 30분 동안 들려오지만 아랑곳하지 않고 게임을 즐겼다. 나도 같이 놀자. 나는 옆을 돌아보았다. 옆에 앉아 있는 친구는 게임에 집중하고 있었다. 낭랑한 목소리 속에 바람 소리가 섞여 있었다. 다시 휘파람 소리가 들리고, 나는 그것이 귀신이라는 것을 확신했다. 어린아이의 목소리가 으스스하게 들리니 불쾌했다. 들리는 목소리를 애써 무시하고 나는 게임에 집중했다. 같이 놀자니까. 귀신이 다시 말했다. 그 이후에도 여러 번 귀신은 말을 걸었다. 나는 게임에 집중하며 들리지 않는 척했다. 나는 어린 동생을 돌보지 않는 언니 같이 느껴졌다. 성가시지만 아이의 목소리로 말하니 마음이 약해졌다. 이후 귀신의 목소리는 점점 애절해졌다. 그 애절한 목소리에 애정이 갈 때쯤, 나는 마음의 가장자리가 시큰해지는 것을 느꼈다.

1교시 시작종이 울렸다. 아이들은 마지막 판이라며 게임 한 판을 더 할 생각으로 분주히 손을 움직였다. 아이들은 이미 학교 종에 개의치 않는 것 같았다. 나는 아직 학교에서 벗어나지 못한 느낌이 들었다. 서둘러 펼친 게임판에서 내가 세 번째 패를 꺼내야 하는 순간, 교실 문이 열렸다. 박미애 선생님이 들어오며 아이들을 진정시켰다. 아이들의 시끄러운 소리가 약간은 잠잠해졌지만 부산스러운 것은 확실했다. 그녀는 학생들을 집중시키려 여러 번 칠판을 두드리며 말했다. 그녀의 부드러운 목소리가 조금 날카로워지자 아이들은 그제야 엉덩이를 돌려 앞을 보았다. 교실이 조용해졌다. 그녀는 깊은 한숨을 쉬고 수업을 진행했다. 우리가 집중하는 모습을 보이자 국어 선생님답게 문학적 감성에 젖은 듯 말했다.

"너희들이 이제 수능이 끝나고 성인이 되겠지? 그러면 이제 법적으로 보호받지 못하는 상황이 일어날 수도 있겠지만 자신의 목소리는 더욱 힘을 가지게 되겠지. 우리가 오늘 할 수업은 그림으로 성인과 청소년의 경계에 놓인 자신을 그려보는 수업을 가질 거야."

분명 우리는 1교시가 국어 수업이란 것을 알고 있었다. 아이들은 미술 수업을 해야 한다는 것에 당황하고 있었다. 활발하던 아이들이 갑자기 감수성에 젖어야 하는 분위기에 눈치를 보고 있었다. 나 또한 다르지 않았다. 나는 선생님도 할 수업이 어지간히 없었겠다며 마음속으로 선심을 쓰고 있었다. 선생님이 그림을 다 그린 친구들은 앞에 나와서 발표를 할 것이라고 말했다. 아이들은 야유를 보내며 간단히 하고 끝내자는 타협을 시도했다. 선생님은 단호하게 아이들의 발표를 철회해 주지 않았다. 아기자기한 프린트물을 앞에 두고 나는 고민했다. '자신을 나타내보자!'란 문구 앞에 아이들은 키득거리며 그림을 그리기 시작했다. 진지하지 않은 분위기에 선생님도 적잖이 당황한 것 같았다. 나는 친구들과 이야기하다가 결국 프린트물을 채우지 못했다. 귀신 또한 나의 백지를 보고는 비웃었다. 번호순으로 발표가 이어졌다. 나만 그런 것이 아닌지 다들 백지를 발표하며 "이것은 저의 미래입니다!"라고 당당하게 말하며 친구들의 웃음을 유발했다. 선생님도 이제는 포기하고 편히 웃기 시작했다. 발표가 이어지는 가운데에서 진지한 이야기를 하지 못할 것 같은 분위기가 만들어졌다. 나의 앞번호인 수진이 칠판 앞으로 나왔다. 프린트물을 칠판 중앙에 붙였다. 그림의 배경은 광활한 하늘이 있었고 넓은 땅 위에 자신으로 보이는 사람이 그려져 있었다. 여느 그림과 다른 점은 사람의 심장 안에 어린아이가 있다는 것이었다. 미술 입시를 위해 노력한 수진은 자신의 상상을 그대로 내비쳤다. 아이들은 정성스레 그린 그림에 감탄했다. 수진은 조용해진 반 안에서 말했다. 조금 작은 목소리와 수줍은 듯한 표정이 보였다. 하지만 시선은 기죽지 않은 선명한 눈빛이었다.

"어…… 저는 수능을 치고 여러분과 같이 놀았습니다. 저는 실기 전형으로 냈기 때문에 수능을 치고 제가 할 수 있는 것은 다 했다는 마음이었습니다. 이제 끝났다는 홀가분한 마음과 함께 학교의 제한 때문에 못한 경험들을 하나씩 했습니다. 이후 저는 하고 싶은 경험을 하나씩 할 때마다 두려움이 생겼습니다. 성인이 되면서 미리 등록금을 벌어야 하지는 않을까? 부모님의 도움을 받는 것은 조금은 벗어나야 하지 않을까? 등의 물음들이 지워지지 않았습니다. 이 그림은 아직 마음은 어린 아이인 나에게 성인이란 무게를 주어 법적으로 보호받을 수 없고 돈을 벌 수 있다는 이유만으로 부모님에게 눈치가 보였습니다. 이 그림은 그 감정을 비유적으로 표현했습니다. 광활한 세계에서 혼자 놓인 어린아이라는 의미를 담고 있습니다."

수진의 진지한 발표에 아이들은 박수를 쳤다. 아니, 박수를 치지 않으면 분위기가 어색해질 것을 알았을 것이다. 하지만 나의 앞자리와 옆자리 아이들은 깊은 고심에 잠긴 듯 책상을 바라보고 있었다. 나 또한 수진의 발표에 박수를 쳤다. 어느샌가 내 옆의 귀신은 아무 말이 없었다. 수진의 발표에 감명을 받아서인지 지루함에 흥미가 떨어진 것인지 모르겠다. 하지만 완전히 사라졌다는 느낌은 받지 않았다. 아직 귀신의 휘파람 소리가 들렸기 때문이다. 조용하고 낮게 뱉어내는 휘파람은 나의 감정과 비슷하게 느껴졌다. 처진 소리처럼 들려오지만 발표에 대해 비난하는 소리는 아닌 것 같았다. 수진은 이후 자리로 돌아갔다. 두려움과 용기를 담고 있는 눈을 빛내며.

쉬는 시간 종이 치자마자 우리는 아침부터 한 게임을 다시 시작했다. 게임판을 펼치고 얼마 되지 않아서 수업 종이 쳤다. 아이들이 종이 치자마자 어질러진 교실 바닥을 치우기 시작했다. 아이들이 싫어하면서도 무서워하는 수학 선생님의 수업이기 때문이다. 내가 주사위를 줍고 있을 때, 나무문끼리 부딪치는 시끄러운 소리와 함께 문이 열렸다. 수학 선생님이 들어왔다. 귀신은 언제 조용했는지 모를 정도로 시끄럽게 떠들기 시작했다. 나는 또 왜 안 끼워줘. 명절에 내 방에 온 사촌 동생을 보는 것처럼 혈압이 오르기 시작했다. 시간이 지나 귀신이 만만하게 보였다. 나에게 해를 입히는 것 없이 아이처럼 행동하는 모습을 보여주기 때문이다. 근처에 있으면 손이라도 닿을 것 같아 주위를 두리번거렸다. 옆에 앉은 아이가 게슴츠레한 눈으로 나를 보는 것이 보였다. 나는 눈치를 보며 고개를 앞으로 돌렸다. 꿀밤을 놓아주려던 내 생각은 포기할 수밖에 없었다. 내 마음을 알아차린 것처럼 귀신은 갑자기 또 조용해졌다. 수학 선생님은 아이들이 정리하고 있던 게임판을 보더니 한숨과 함께 교탁 앞에 섰다.

"수능이 끝났다. 엄청 즐거울 너희들을 위해 내가 말 한마디만 할게. 너희들은 아직 수능이 끝났다고 신났지만 지금 상황에서는 생각해야 해. 대학 들어가면 이제 너희들이 스스로 돈을 벌기 시작할 거고 부모님께 눈치도 보일 거야. 그러면 미리 준비를 해야지. 지금 신나있으면 안 돼. 선생님 제자 중에는 수능 끝나자마자 적금 들고, 알바해서 부모님 도움 없이 대학 다니고 그랬어."

우리 반 아이들 중 민지와 현희는 그의 말에 눈살을 찌푸렸다. 둘은 나와 가까운 자리에 앉았다. 그들은 친구들과의 대화를 자신의 자리에서 하곤 했다. 나는 그들의 이야기를 알게 모르게 엿들었다. 자신이 원하는 대학을 반대하는 부모님을 피해 민지는 대학을 합격한 후 몰래 기숙사 신청을 했다. 이후 민지는 스스로 등록금을 벌기 위해 단기 알바를 전전하고 있었다. 현희는 경제 사정이 좋지 못해 겨우 고등학교를 졸업하고는 스스로 학비를 벌어야 하는 상황이라고 했다. 그들의 상황을 알고 있는 나는 수학 선생님의 말을 흘려듣고 있었다. 나는 아직 그런 생각하기 싫어. 귀신이 말했다. 내가 속으로 공감하고 있자 귀신은 다시 한 번 말했다. 너도 그래? 은근히 죽이 잘 맞는다고 생각하며 속으로 대답했다. 약오른다는 생각이 단숨에 없어져서 나도 단순하다고 생각했다.

쉬는 시간이 되자 반 아이들이 모여서 민지와 현희의 자리에 갔다. 이번에는 어떤 대화를 나눌지 알 수 있었다. 아이들에게 이끌려 나도 같이 대화를 할 수 있었다. 반 단합력이 좋아진 것 같다고 생각했다.

"야, 수학 개어이없어."

"우리도 알고 있는 걸 왜 자꾸 말하는 거야?"

"나도 알바 안 구해져서 힘든데."

아이들이 푸념이 시작됐다. 민지와 현희를 중심으로 이야기는 점점 뒷담화로 가고 있었다. 나는 그들의 이야기에 약간의 맞장구만 쳐줬다. 듣고 나서 알 수 있었지만 우리 모두 선생님이 한 말에 분노하면서도 불안해한다는 것을 알 수 있었다. 서로의 이야기에 공감하면서도 자신은 어떻게 해야 할지 고민하고 있었다.

쌀쌀한 바람이 불어오면서 우리는 점심시간에 매점에 자주 앉아 있었다. 1000원짜리 따뜻한 코코아를 손에 쥐고 약간 언 손끝을 녹이고 있었다. 이제는 정이 들어서 귀신도 같이 나눠 먹을 수 있을지를 생각하고 있었다. 나와 친한 다섯 명의 아이들은 원형 탁자에 둘러앉아 수다를 떨기 시작했다. 우리는 암묵적으로 대학에 관한 이야기는 하지 않도록 했다. 좋은 대학에 대한 순위를 따져서 친구들에게 그 순위를 매기고 싶지 않기 때문이다. 누가 먼저 말하지 않았지만 우리는 대학 이후를 생각하고 싶지 않았다. 미래를 바라보며 왔지만 볼 준비가 되어 있지 않았다. 아직까진 대학으로 친구들을 나누고 싶지 않았다. 아이들도 알고 있을 것이다. 대화를 이어가는 도중 우리의 미래에 대한 이야기가 나왔다. 다들 외줄을 타듯이 예민한 이야기를 피해가려고 노력했다. 수능으로 썼던 머리를 다시 쓰며 우리는 예민해지지 않고 이 주제를 피할 방법을 빠르게 찾고 있었다. 아무도 걸리기를 바라지 않았지만 나만 아니면 된다는 심정으로 이야기를 나눴다. 술은 다 같이 모여서 마시자, 염색 무슨 색으로 할까, 같이 여행 가자 등 하고 싶은 일을 나누며 예민한 이야기를 피했다.

"대학생들은 어떤 심정으로 하루를 보낼까?"

결국, 외줄에서 떨어진 사람이 발견됐다. 우리는 침묵에 잠겼다. 이 말이 나오면 우리는 대학교에 대한 이야기를 할 수 밖에 없다. 우리는 어떤 말을 해줘야 할지 갈피를 잡지 못했다. 침묵이 조금 길게 느껴졌다. 우리는 점심시간이 끝나는 예비종이 울리자 의자에서 엉덩이를 떼며 조금씩 말문을 텄다. 우리는 초등학생을 지나왔다. 하지만 그때의 동심은 어디에도 남지 않았다. 이제는 산타를 믿지 않는 것처럼. 거짓말을 하면

코가 길어지는 것을 믿지 않는다. 정말 그렇게 생각해? 귀신이 안타까운 듯 말했다. 처음 본 모든 것들에 대한 호기심은 아직 가지고 있잖아. 나를 설득하듯 말하는 목소리에 아무 대답도 하지 못했다. 아직 그런 호기심을 가졌는지 의구심이 들 뿐이었다.

혼자 집으로 돌아갔다. 야자를 하지 않아 이른 시간에 집을 향해 걸었다. 해가 구름에 가려 보이지 않았다. 겨울의 차가운 공기가 몸을 감싸고 있다. 거리가 밝은 회색빛을 띠고 있었다. 입에서 나는 연기의 색과 어울린다고 생각했다. 거리 사이에서 귀신의 목소리는 아직 들려왔다. 너는 어때? 목소리와 휘파람이 거리와 어울린다고 생각했다. 이제 과거로 돌아가 버린 것을 어찌하지 못한다는 것을 알고 있다. 한가지 질문만을 반복해오는 그것은 나를 심란하게 했다. 하지만 그것은 오늘 아침까지와는 다른 심란함이었다. 깊은 고민 끝에 생각나는 것은 같은 대답이었다. 나는 아직 다 크지 않았어. 받아들였다. 체념일지도 모르지만 받아들였다. 다시 휘파람 소리가 들려온다. 해맑은 소리였지만 나는 슬프게 느껴졌다. 그것이 눈에 보이기 시작한다. 과거의 모습을 눈에 담는다. 무릎에는 넘어져서 생긴 흉터들이 있고, 밝은 색의 귀여운 옷을 입고 있었다. 이제는 그것이 귀신인지 잘 모르겠다. 수진이 그린 그림 속의 사람처럼 나의 마음에서 나왔을까. 나는 그 모습을 오랫동안 눈에 담고 있었다. 그것은 미련이라고 여길 것이다. 형태가 보이지 않는다. 어릴 때 아이들과 연습하던 서투른 휘파람이 이제는 들려오지 않는다.

복
제

이예슬

　정수리를 가볍게 한 번 치면 자신을 복제할 수 있었다. 비를 맞는 것처럼 자연적인 요소는 영향을 주지 않았다. 스스로 자신의 정수리를 치거나 타인을 복제시킬 목적으로 그의 정수리를 치는 등 의지가 개입된 행동만 사람을 복제할 수 있었다. 직접 정수리를 치지 않고 머리 위로 물 몇방울이나 방석을 떨어뜨려도 복제가 가능했다.

　단순히 정수리에 충격이 가해질 때 복제가 되는 것은 아니었다. 헬멧을 쓰는 것처럼 머리카락 이외의 물체가 정수리를 가리고 있으면 복제되지 않았다.

　몇몇 사람들은 이제 헬멧을 쓰고 다녀야 하는 세상이 왔다고 하며 공사장 안전모 착용 사진이 인터넷에 올렸고, 이것을 'k 공사장 에디션'이라고 불렀다. 자전거로 출근하는 사람들은 도착해서 헬멧을 벗지 않고 그대로 자리에 앉을 수 있어서 수고를 덜었다고 했다. 자전거를 탈 때처럼 헬멧을 쓰고 앉아 있지만, 주변 풍경이 바뀌지 않아서 업무시간이 더 길게 느껴졌다는 후기가 올라왔다.

　대부분의 사람들은 모자를 쓰고 다녔다. 가발을 쓰는 사람도 있었고, 간혹 두꺼운 머리띠를 쓰는 경우도 있었다. 유튜브에서 얼굴형에 맞는 모자 스타일링 및 코디, 하울 영상이 인기를 끌었다.

각국의 전통 모자를 쓰는 챌린지가 유튜브와 틱톡, 인스타에서 유행했다. 갓이나 족두리를 쓰고 다녀야 하는 거 아니냐는 댓글이 좋아요를 많이 받으면서, 잘 알려진 갓부터 고증이 잘된 사극이 아니면 보기 힘든 전통 모자를 쓰고 한복을 맞춰서 입은 쇼츠 영상이 인기를 끌었다.

교육부가 수능 1등급을 받은 학생들에게 어사화를 씌워주는 이벤트를 진행하면 좋겠다는 댓글이 있었다. 다수가 댓글에 공감했고 교육부는 긍정적으로 검토하겠다고 말했다. 교육부는 검토만 했다. 한국교육과정평가원이 이벤트를 실제로 진행했고 한국교육과정평가원장은 그해 수능 만점자에게 상장을 수여하듯 어사화를 씌워줬고 기념사진을 찍었다. 수능 만점자의 표정을 가지고 댓글창에서 논쟁이 벌어졌다. 표정이 유난히 떨떠름해 보인다는 지적이 있었고, 뉴스에 자신의 얼굴이 공개되는 것도 부담스러운데 평가원장이 어사화를 손수 씌워줬으니 부담스러웠을 수 있다는 댓글이 달렸다.

여러 사람을 인터뷰하는 유튜버가 그 만점자와 찍은 영상을 올리며 논쟁은 잠잠해졌다. 공부법이나 흐트러진 마음을 다잡는 법 등을 이야기했고, 그 논쟁에 대한 자신의 입장을 말했다. 그해 수능 난이도가 높아서 '불수능'으로 불렸는데 특히 국어의 난이도가 높았다. 문법, 독서, 문학의 우위를 가릴 수 없을 정도로 난이도가 상승했다. 그래서 만점자는 수능 문제가 어려워서 시험이 끝나고 자신의 sns에 사진을 하나 올렸다고 했다. 건배사를 주고 받는 내용의 컷 만화였고, 말풍선에는 이런 말이 적혀 있었다. '평가원 기죽지 마라', '그냥 죽어라!' 그럴 만한 상황이었지만 자신이 sns에서 뒷담화를 한 대상을 직접 만났고, 시험 문제를 그렇게 냈으면서 자신한테 온화한 표정으로 덕담을 하고 어사화를 씌워주는 상황이 기묘해서 표정관리가 힘들었다고 말했다.

모자나 머리띠가 안 어울리는 사람들이나 둘 다 쓰고 싶지 않은 사람을 겨냥한 머리 스타일링 영상이 잠깐 화제가 되었다. 정수리만 가리면 되기에 머리 뿌리 쪽을 띄우는 방식이었는데 머리가 쉽게 흐트러져서 정수리를 가리는 목적과도 적합하지 않았기 때문에 컨텐츠 용으로나 적합하다는 평가를 받았다.

초등학교 고학년에서 고등학생들은 잔머리 고정 시트를 정수리 쪽에 붙이고 다니기도 했다. 주로 머리를 풀고 다니거나 학교 내에서 모자를 쓰면 선생님들 눈치를 봐야 하는 경우에는 붙이기만 하면 되는 고정 시트를 사용했다.

프리랜서들은 자신을 복사해서 한 번에 여러 가지 일을 처리했고, 의료계나 법조계 사람들은 동시에 여러 곳에서 전문적인 일을 처리할 수 있었다. 학생과 취준생들은 자신을 복사해서 토익, 토플, 각종 자격증 시험을 더욱 철저히 준비하면서 돈을 벌 수 있게 되었다. 몇몇 사람들은 성공했고, 성공한 사람들은 더욱 더 성장했다.

스타트업의 경우에 인건비를 줄이려는 목적으로 복제를 하는 일이 많아졌다. 성공 사례는 적었다. 적은 사례 중에서도 복제가 가능하다는 것 외에 알려진 사실이 없기에 사업뿐만 아니라 복제에 대한 위험 부담을 져야 한다는 이야기를 하는 경우는 거의 없었다. 있더라도 영상 끝에 내용을 정리하면서 복제를 하면 어떻게 될지 모른다, 이렇게 한두 마디 정도를 덧붙였다.

사업 뿐만 아니라 취업 준비 등 다른 경우도 실패할 경우에 부양할 가족만 늘어나자 나라 차원에서 복제를 제한하자는 여론이 생겼다.

인력난은 더욱 심해졌다. 좋은 성과를 내던 사람은 계속 일을 할 수 있게 되었다. 복제된 사람들 중 언론, 방송, 또는 해당 업계에서 영향력이 큰 사람이 아니라면 신입사원으로 입사하는 경우가 많았다. 본체가 어 땠든 그 복제된 사람들은 사회에 처음 나오는 것이었으므로, 인턴이나 신입 대우를 받았다. 기업이 늘어난 경력직을 수용할 수 없는 환경과 대우를 위해 필요한 자본 부족의 영향이 컸다.

각종 업계 사람들은 경력과 능력에 맞는 대우를 받을 수 없다며, 원래 한 몸이었으니 본체의 경력으로 대우해야 한다고 주장했다. 이 사태에 대한 직장인 인터뷰와 자문 영상이 유튜브 알고리즘을 탔고 여러 영상이 인기 급상승 동영상에 올라갔다.

방송에서는 전문 인력을 복사하는 건 오히려 사회가 퇴화할 수 있는 길이라고 했다. 토론의 형식이든 여러 패널들이 대화하는 형식이든 대체로 부정적이거나 살기 힘들어졌다는 이야기로 마무리했다. 한 시간 정도 우려되는 점과 이미 나타난 실패 사례들을 주로 소개했다. 이 사건을 어떤 관점에서 볼지는 시청자에게 맡겼다.

이 사건을 부를 때 어떤 단어를 사용할지를 두고 논쟁이 있었다. 표현의 자유를 존중하자는 의견부터 학술적인 용어에서 따오기, 새로운 단어를 만들기 등 다양한 말이 있었다. 결국 대한민국 정부는 가장 일반적인 단어, 복제와 복사를 사용하기로 했다. 이 두 단어는 여당과 야당이 공식적으로 쓰던 단어였다. 분리라는 단어를 쓰는 사람들도 있었으나 어감 문제로 후보에서 제외되었다.

사람들은 자신의 신념에 따라 한 단어를 고집하거나 별생각 없이 그때그때 나오는 단어를 사용했다. 복사의 기준이 된 사람과 복사된 사람들을 나누지 말자는 의견도 있다. 일단 복사되었고, 일반적이지 않은 방법으로 세상에 '태어'났다고 해도 일단 본질은 사람이고 유전자, 혈액형, 외모, 성격 등 모든 것이 같았기 때문에 그 두 종류의 사람을 구분해서는 안 된다고 생각했다. 복사된 사람에 비해 복사의 기준이 된 사람들의 수가 몇 배는 더 적었기 때문이라는 의견도 있다. 구분하는 사람들은 '복사'라는 단어를, 구분하지 말자는 사람들은 '복제'라는 단어를 쓰자고 주장했다.

이런 이야기도 떠돌았다. 복제라는 단어를 쓰자는 사람들 중 유명인들을 보면 다 자신을 복사했기에 그 복사된 자신들에게 기가 눌려서 그런 말을 하는 거 아니냐고.

결국 복사양 돌리가 아니라 복제양 돌리라고 부르니까 복제가 맞는 표현이라는 학계의 주장이 국민의 지지를 얻으며 공식적인 용어는 복제가 되었다.

사고가 나서 보험처리를 하거나 재난지원금을 지급할 때는 복제 횟수에 상관없이 한 사람 몫을 줬다. 본질적으로 같은 사람이었고, 법률상 한 사람으로 취급했기 때문이다. 돈을 목적으로 복제를 많이 한 뒤 나머지를 죽이거나 다치게 하는 범죄가 발생했다. 뉴스에서 이런 사람들을 일종의 보험사기단, 자해공갈단으로 여겼다. 그에 대해 수많은 법적 공방이 벌어졌고, 헌법재판소에 인권 침해를 이유로 헌법소원을 청구했다.

따라서 당시 시사 방송의 단골 주제는 이것이었다. 죽음과 손해는 여러 번 발생했지만, 그것이 법률상 한 사람의 몫이라고 한다면 국민 보호에 이로운가. 그 시기 대통령 선거가 있었기에 대선 토론 주제로 유명했다. 교육계에서도 좋은 수업 주제로 쓰였다. 전국 중고등학교의 사회, 도덕 관련 동아리에서 이를 주제로 토론을 했고, 그 과정을 생활기록부에 적었다. 사회와 도덕, 윤리 교과목의 수행평가에 자주 나오는 요소가 되었다.

복제된 사람이 집을 사거나 결혼을 하는 경우도 문제가 되었다. 법의 공백 때문이다. 법률상 한 사람으로 취급하기에, 대출이나 혼인신고 등에서 혼란이 생겼다.

사람들은 나름대로 자신과 복제된 자신간의 관계를 정했다. 복제된 자신을 인공지능이나 비서 정도로 여기는 경우에는 기본적인 의식주만 제공하며 자신의 일을 돕게 했다. 인권 단체는 이 유형의 사람들이 자신과 똑같은 사람을 로봇청소기 정도로 여긴다는 이유로 소송을 걸었다. 여러 차례 충돌하면서 점차 이 유형의 사람들은 복제된 자신의 대우수준을 높이거나 음지로 사라지게 되었다.

복제된 자신과 협업관계를 맺는 사람들도 있었다. 그들은 계약서를 쓰고, 정한 기간 동안 일을 나눠서 한 뒤 수익을 나눠서 각자의 삶을 살았다. 각자 헤어진 뒤 본체의 이력을 기반으로 다른 일을 하거나, 기간을 정하지 않고 종신으로 맺는 사람도 있었다.

자신과 복제된 자신 사이의 관계는 결혼과 연애의 영역에서도 영향을 미쳤다. 본체와 복제의 법률상의 혼인과 사실혼은 법적 보호 등에서 차이가 있었다. 자녀 문제나 신혼부부 대상 국가 지원 시스템을 이용할 때도 본체가 복제보다 우선적으로 혜택을 받았다.

자신의 연인이 복제를 하게 되면, 연인이 둘 이상 된다는 표면상의 문제가 있었다. 초반에는 본체와 복제를 구분하지 못하는 경우가 많았다. 복제가 본체의 연인과의 연인 관계를 포기하지 않으려는 경우도 종종 있었다. 보통은 본체와 복제 사이의 계약 관계로 해결할 수 있었다. 연인이 자신을 복사해서 복제끼리 커플을 맺어주는 일도 있었다.

결혼한 상태에서 복제를 했는지도 중요했다. 복제를 하면 배우자가 늘어나는 셈인데 복제의 연애나 결혼은 따로 생각할 것인지를 사전에 의논하고 서류를 만든 뒤 복제를 하는 게 권장되었다.

본체와 복제 간의 계약과 본체의 연인 관계가 정리되지 않은 상태에서 연인이 복제와 연애를 하는 경우도 있었다. 복제를 얼마나 했는지에 상관없이 본체를 기준으로 법률상 한 명의 사람, 같은 사람이었다. 법률상 결혼도 아니고 연애의 경우인데다 일단은 본체와 복제는 같은 사람이라 불륜이라고 말하기도 애매한 일이었다. 복제 후의 기억이 공유되지 않는 점과 일단 교제하는 연인이 두 명 이상이 되어버린 상황을 근거로 이건 애인의 바람으로 봐도 무방하다는 의견도 있었다.

미국에서 12명까지만 복제되고 복사한 사람은 합칠 수 없다는 것을 발표했다. 그 말은 즉 13명부터는 복제되지 않는다는 뜻이고 13은 서양의 불길한 숫자라는 걸 근거로 음모론이 생겨났다. 유튜브 알고리즘에도 여러 음모론 영상이 떴고 일부는 불안해했지만 터무니없는 내용이 대다수였기에 적응한 사람들은 진지한 척하며 댓글로 장난을 쳤다. 각 나라는 미국이 어떤 경로로 정보를 얻었는지 추궁했고, 각종 언론은 의문을 제기했다. 논란과 의문을 정리하면 이런 내용이었다. 정보를 얻는 과정에서 임상시험이 있는 것 같은데 미국은 이를 인정하는가, 개발도상국에게 경제적, 정치적 지원을 대가로 실험자를 뽑았는가, 실험자가 있었다면 복사된 사람들의 차후 복지나 부양 및 생활은 어떻게 책임지는가.

몇 달 뒤 중국에서 〈인체의 신비: 작아진 사람들〉 전시관을 개장했다. 이 사건을 기점으로 미국에 대한 이야기가 나오지 않았다.

삼 년 뒤 복제시 키가 줄어들게 되었다. 그전에 복제한 사람들에게도 이 조건이 적용되었다. 복제 사건이 일어난 해의 마지막 날, 제야의 종소리를 직접 혹은 방송으로 듣기 위해 인파가 모였다. 종이 치고 옆 사람과 인사를 하기 위해 고개를 돌렸을 때 보인 건 바닥에 떨어진 옷과 신발, 그리고 작아진 채로 자신을 올려다보는 사람들이었다. 몇몇 사람들은 그 사실을 모른채 움직이다 바닥의 옷을 밟았고, 작아진 사람들을 밟기도 했다. 거의 줄어들지 않았거나 다른 사람에 비해 큰 사람들이 옷과 일행을 챙겨서 자신들의 차나 한적한 곳으로 갔다. 원래 키의 절반 이하로 줄어든 사람들은 이불을 두른 듯 옷을 걸치고 경찰과 구급대원들이 오기를 기다렸다.

인력을 복제할 수 있게 된 배경에 대한 설을 두고 추측이 난무했다. 사람들은 그냥 복제가 가능한 정도를 넘어, 삼 년 정도 지나서 사람들이 적응을 하기 시작할 때, 키가 줄어드는 혼란이 온 이유를 궁금해했다. 유튜브에서는 온갖 설이 돌았다. 사실 이거 다 꿈이고 내일 아침에 눈 뜨면 기억도 안 날 것이다, 대류의 실수이자 계획이다, 미국이 주도한 인체 실험이다, 자국의 인재 보존과 발전을 위해 시도했지만 모종의 이유로 전 세계 사람들도 자신을 복제하게 되었다. 그 혼란의 배경이 미국임을 숨기기 위해 새로운 혼란으로 주의를 돌렸다.

한국과 관련된 설도 돌았다. 이런 내용이었다. 한국이 북한과 싸우는 척하고 뒤에서 몰래 계획한 일이다. 미국은 비공식적으로 두 나라의 계획을 지지했다. 북한과 한국 모두 인재가 중요한 나라가 아닌가. 복제가 가능해진 뒤로 다양한 악습과 더 잔혹해진 범죄 종류가 생겨났다. 생존 난이도가 급격하게 올라갔다. 뉴비만 있는 상황에서 시작 난이도가 너무 높다. 난이도를 이렇게 조절하는 나라는 한국밖에 없다. 한국 댓글 중 좋아요 수가 가장 많은 댓글은 '우리랑 걔네랑 왜 엮음'이었다.

전국 초중고의 신학기가 시작될 때쯤, 한국 정부에서 복제 1회당 자신의 머리 크기만큼 키가 줄어든다는 것을 발표했다. 예를 들어 복제를 한 번도 하지 않은 A가 키 180cm에 세로 기준으로 정수리부터 턱 끝까지의 머리 세로 길이가 25cm일 때, 복제를 한 번 하면 155cm인 A가 2명이 되는 것이다. 대한민국 남녀 평균키와 평균 머리크기를 기준으로 복제 후 예상 평균키를 정리한 표와 그것을 기준으로 한 3D모델도 공개했다.

남자는 175cm의 신장과 23cm의 머리 세로 길이를 기준으로 했고, 여자는 신장을 163cm로 머리 세로 길이는 22cm를 기준으로 했다. 남자 기준으로 복제를 한 번 하면 153cm가 되고, 두 번 하면 133cm, 세 번 하면 116cm로 줄어드는 것이다. 여자 기준으로 복제를 한 번 하면 141cm, 두 번 하면 122cm, 세 번 하면 106cm가 된다. 복제를 열한 번 해서 본체와 복제가 총 12명이 된 경우에 남자 평균키는 47cm고 여자 평균키는 43cm가 된다.

2명에서 4명까지 복제할 때는 단계별로 약 20cm씩 줄어들었지만, 5명에서 8명으로 복제할 때는 10cm 정도씩 줄었고, 그 뒤로는 약 5cm씩 줄어들었다. 어떤 사람들은 20cm면 모르겠지만 5cm 정도면 아주 근소한 차이라서 크게 티나지 않을 것이라고 했다. 179cm와 180cm가 다르듯이 여러 번 복제한 사람의 5cm는 복제를 하지 않은 사람 기준에서 보면 안 된다는 의견이 가장 많은 공감을 받았다.

대중은 머리가 큰 사람이 불리해지는지 궁금해했고, 개인의 머리 세로 길이에 따라 차이가 있을 수 있다는 공식 입장이 나왔다. 유튜브에서는 자신의 머리 세로 길이와 크기를 알아보는 영상이 알고리즘을 탔다. 머리 크기는 타인과의 비교를 통해서 알 수 있는 것이 아니라 자신의 목 굵기와 길이, 어깨 너비 등 전체적인 신체 비율을 기준으로 봐야 한다는 영상이 인기 급상승 동영상에 올라갔지만, 자가 측정이 어려웠기 때문에 얼마 지나지 않아 잊혀졌다.

칼과 독극물은 이제 전처럼 치명적이지 않았다. 복제된 자신 중 한 사람이 크게 다치거나 죽더라도 나머지에게 그 고통이 전해지지 않아서 심리적인 요소를 제외하면 큰 문제가 되지 않았다. 대부분의 사람들이 자신을 복제했기 때문에 자기 자신까지 대체할 수 있는 환경이 되었다.

이제 사람이 다치지 않을 정도의 높이에서 스포이트나 작은 물총을 사용해 타인의 정수리 쪽에 물을 떨어뜨려서 복제시키는 것이 칼보다 위험했다. 이 사건은 삼 년 전부터 신종 범죄로 분류되었으나, 일부 유치원생이나 초등학교 저학년은 단순하게 지나다니는 사람들에게 물을 몇 방울 떨어뜨리고 숨는 장난 정도로 여겼다.

사람 수만 늘어났던 삼 년 전과 달리 키가 줄어들기 때문에 처벌 강도를 높이라는 국민 청원이 올라왔다. 그 문제를 두고 국민 의견과 공식적인 의견 대립이 있었다.

이 범죄에는 주로 작은 물총이나 스포이트가 사용되었다. 간혹 대야에 물을 담아 들이붓는 경우도 있었다. 전국 다이소나 문구점에서 판매하는 스포이트와 물총의 판매를 법으로 규제하자는 여론이 생겼고 같은 내용의 국민 청원이 올라왔다. 정수리를 치는 단순한 행위는 물총이 아니더라도 장난감 칼, 책, 부채나 연필, 하다못해 풍선이나 손가락으로도 할 수 있었다. 이런 이유로 상품의 판매를 막지 않았다.

신종 범죄가 생겨났다. 사람을 납치해서 복사한 다음 작은 상자에 넣고 숨긴다. 그리고 굶기거나 해를 가한다. 사람이 작아져서 찾을 확률이 더 낮아졌고, 복제와 본체간 교류가 적은 경우에는 사라졌다는 사실을 인지하는 데도 시간이 걸렸다. 이 범죄는 주로 제 3세계나 여행금지 국가, 또는 각 나라의 할렘가에서 발생했다. 그중에서 법이나 경제적인 이유로 안락사를 할 수 없는 사람을 모아서 죽여주는 사업의 경우가 가장 많았다. 대금을 지급하고 알려준 나라에 가면 공항에서 기다리던 사람들이 차를 태워 데려갔다. 고통이나 두려움 때문에 중도 포기를 하게 되면 지불한 돈을 돌려달라고 할 수 있다는 것을 이유로, 마약을 투여했다. 그 덕에 죽거나 죽여야 하는 사람들이 탄 차의 분위기만큼은 안락했다. 언론을 이 사건을 21세기형 청부살인이라고 언급했다.

보험회사는 사고가 났을 때 본체와 복제의 대우를 다르게 했다. 개인이 납부하는 보험료보다 보험사가 지급하는 금액이 더 많이 든다는 이유였다. 부당하다는 의견이 강세였으나 점차 보험회사 입장을 이해하거나 상황을 관조하는 여론이 생겼다. 여유가 되는 사람들은 복제마다 보험을 따로 들거나 복제 전용 보험을 가입했다.

복제가 많아질수록 평균키가 작아져서, 사회는 더 작은 사람들에게 맞춰졌다. 복제를 했다는 것은 부양능력이 있다는 뜻이기에, 키가 작은 게 매력이 되기도 했다. 가장 이상적인 복제는 본체를 포함해 3명이었고 그에 따라 이상적인 남자 키는 180cm에서 140cm 정도로, 여자는 165cm에서 130~125cm 정도로 바뀌었다.

언니가 사라졌다

최규리

0.

언니가 사라졌다. 어느 날 갑자기. 정확히 '어느 날 갑자기'보다는 '오늘 내 눈앞에서 갑자기' 사라졌다가 더 맞는 표현 같았다. 아무튼 언니가 사라졌다. 몇 달 전부터 조금씩, 아주 조금씩 작아지다가 결국 오늘 더 이상 버티지 못하고 내 눈앞에서 사라져버렸다. 아직도 잘 모르겠다. 언니가 왜 사라졌는지, 왜 작아졌는지. 하나 기억나는 부분이 있다면 언니가 작아지던 날이면 늘 언니는 피곤해 보였다는 것, 가끔 울고 있었다는 것. 목구멍 저 끝 어딘가부터 뜨거운 열기가 올라왔다. 눈물이 툭, 떨어졌다. 언니가 갑자기 사라진 상황에 내가 할 수 있는 일은 없었다. 아, 굳이 하나를 찾아보자면 몇 초 전까지 서럽게 울던 언니가 완전히 사라져버린 그 자리에서 차디찬 바닥의 온도에 먹혀가는 언니의 온기를 붙잡아보려 애쓰며 언니처럼 그냥 이렇게 우는 것. 그게 다였다.

언니는 밝고 평범한 고등학생이었다. 그렇다고 밝고 평범한 과거를 가진 고등학생은 아니었다. 내가 초등학교 6학년, 언니가 중학교 2학년에 머물고 있던 해의 어느 날 유독 지친 얼굴로 하교한 언니의 두 정강이에는 피멍이 들어 있었다. 그날 언니는 아무 말도 하지 않았다. 그날

로부터 시간이 조금 흐른 후 언니는 상담사 선생님 앞에서 겨우 입을 열었다. 선생님, 도와주세요. 그 이후로 언니는 매주 상담을 받게 되었다. 어린 그 당시의 나에게 언니가 겪은 일을 알려주는 사람은 없었다. 그냥 자연스럽게 알게 되었다. 언젠가 언니가 써서 숨겨둔 유서 비슷한 종이를 본 후로. 그냥 어느 날 그렇게 알게 되었다. 이제는 거의 3년이 다 되어가는 시간이 지나가고 있지만 어린 나이에 본, 깨알 같은 글씨로 빽빽하게 뒤덮여 있던 그 A4용지 한 면을 나는 아직도 잊지 못하고 있다. 그 종이는 언니가 언니와 가장 친했던 사람이자 '언니 학교폭력 사건의 가해자'에게 쓴 편지였다. 아, 편지를 가장한 유서였다. 언니가 학교에서 당한 모든 일을 폭로하는 것을 시작으로 '다영아 넌 처음부터 내 말을 믿을 생각이 없었구나.' 이 문장으로 끝이 난 편지 아니, 유서는 그 날 이후로 내 책상 서랍 속 깊숙한 곳에 묻어두었다. 언니가 그 일을 빨리 잊기를 바라서, 언니가 그 사람을 빨리 지워버리기를 바라서. 아무튼 지독하던 그 해를 지나자마자 언니는 변했다. 차분하고 조용히, 옅은 존재감만 보이던 언니는 밝고 털털하고 누구에게나 사랑받는 사람으로 변했다. 주변 사람들도 웃음 짓게 하는 사람으로 변했다. 언니는 밝고 대단한 사람이었다. 중학교 3학년을 지나 고등학교 1학년까지 무사히 마친 언니는 그 일을 잊은 사람 같았다. 그리고 언니의 유서는 여전히 내 책상 서랍 저 깊숙한 곳 어디에 묻혀 있다.

1.

그런 언니가 처음 작아졌던 것은 몇 달 전, 야간 자율학습 후 늦은 시간에 집으로 왔을 때였다. 나는 평소처럼 일찍 집에 들어와 거실을 굴러다니며 자유를 느끼고 있었다. 거실 벽에 붙은 시계의 바늘이 10시 30분 주변을 가리킬 때 즈음 도어락 소리가 들리며 언니가 들어왔다. 아침까지만 해도 단정하던 그녀의 단발머리는 이리저리 뻗쳐 있었고, 언니는 곧 터질 것 같은 가방을 앞으로 메고 있었다. 가방이 언니를 메고 있는 지 언니가 가방을 메고 있는지, 제 키에 맞는 정상 체중보다 훨씬 가볍고 남들보다 힘이 약한 언니는 툭 치면 그냥 앞으로 넘어질 것 같았다. 지쳐있는 표정은 덤이었다. 약간은 우스운 모습에 나는 언니를 툭 치며 이민 가냐? 라며 인사했다. 그러자 언니는 진짜로 한 번 휘청거리더니 힘겹게 가방을 내려놓았다. 가방 속 물건과 바닥이 부딪히며 묵직한 소리가 났다. 언니는 그녀의 어깨를 몇 번 두드리며 웃었다.

학교에서 피난했다. 왜.

그러나 다른 날보다 조금 더 피곤해 보이는 언니의 얼굴에 잠깐 나온 미소는 이내 사라졌다. 한숨을 내쉬며 방으로 들어가는 언니의 모습을 보고 묘한 느낌을 받았다. 처음 느껴보는 느낌에 나는 인상을 쓰며 언니의 방으로 따라 들어갔다.

야, 이게 정녕 여고생의 방이냐? 어?

묘한 느낌도 잠시, 언니의 방을 본 나는 더욱 인상을 찌푸렸다. 얼마나 마셔댄 것인지 캔, 종이컵, 플라스틱 컵, 몇 방울 남은 커피가 말라붙어 이제는 먼지까지 않고 있는 유리 컵까지 구석구석에 커피의 흔적이 보였다. 나는 바닥을 뒹굴고 있는 캔을 몇 개 집으며 잔소리를 뱉어냈다.

아니 마셨으면 좀 치우던가 아 진짜 더러워 죽겠어. 아니다 그냥 그만 마셔 좀. 너 중독이야. 어? 그러다 훅 간다고.

훅 가면 가는 거지. 담배 안 하는 게 어디니. 나 정도면 양반이란다, 혈육아.

아무렇지도 않게 내 잔소리를 튕겨내는 언니의 모습에서 내 묘한 기분의 원인을 찾아냈다. 언니가 평소보다 작아 보인 탓이었다. 나와 키가 비슷한 언니는 내가 보는 각도에 따라서 종종 커 보이기도, 작아 보이기도 했고 그럴 때마다 오늘과 비슷한 묘한 느낌을 받았기에 처음에는 그냥 기분 탓이려니 했다. 한 가지 이상한 부분이 있었다면 그날은 어느 각도에서 봐도 작게 느껴졌다는 것. 그런 언니의 키에 의문이 몰려오려고 할 때, 언젠가 심심풀이로 본 SNS 피드에서 사람이 스트레스를 받으면 키가 약간 줄어들지만 금방 원래대로 돌아온다며 떠들어대던 내용이 머릿속을 스쳐 지나가며 저게 대한민국 고등학생의 삶이구나 생각하고 말았다. 딱히 깊이 생각하거나 걱정할 문제는 아니라고 판단했다. 그러나 내 생각과는 다르게 언니는 계속해서, 점점 더 작아졌다.

2.

그날 이후 언니는 계속해서 작아졌다. 그러나 이 집에서 언니가 작아지는 것에 대해 의문을 가진 사람은 나뿐이었다. 엄마도, 아빠도, 심지어는 언니 본인조차 자신이 작아지고 있다는 것에 의문을 갖지 않았다. 아니, 언니가 작아지고 있다는 사실을 나를 제외한 그 누구도 알지 못하는 것 같았다. 언니는 종종 네가 이렇게 컸었나. 라며 고개를 갸웃거리곤 했지만, 자신이 작아졌다는 것을 인지하지 못했다. 이쯤 되면 내가 정신병은 아닐까 걱정이 되기까지 했다. 그래서 나는 내 정신병을 의심하게 된 이후로 언니가 작아지는 것에 대한 생각을 접기로 했다. 그러나 그 결심은 꼭 3일 만에 무너졌다. 이유는 간단했다. 언니가 또 작아졌기 때문이다. 그것도 누가 봐도 티 날 정도로 확. 그날, 전보다 더 작아진 언니는 내 방문을 두드렸다.

떡볶이 먹을래? 매운맛 먹자. 갑자기 먹고 싶어.

갑자기?

거부는 거부할게. 나 이미 주문했어.

떡볶이. 언니와 내가 집에 둘만 있는 날이면 시켜먹는 음식 중 하나였다. 언니는 매운 음식을 잘 먹지 못해 대부분 순한 맛을 시켰고, 매운 음식을 잘 먹는 나는 늘 언니의 입맛에 따라 밍밍한 떡볶이를 먹어야 했다. 맛은 있었지만. 아무튼 그런 언니도 가끔 매운맛을 먹는 날이 있었는데, 언니가 매운 떡볶이를 먹는 날이면 그날은 언니가 화가 나거나 스트레스를 받는 날이었다. 언니는 매운 떡볶이를 먹을 때면 "아무리 인생이 매워 봤자 이 집 떡볶이만 하겠니."라며 생리적으로 나오는 눈물과 콧물을 닦아냈다.

또 언니에게 무슨 일이 있는 건가 고민하고 있을 때 벨 소리가 집안을 가득 채웠다. 나는 침대에서 밍기적거리며 일어나 천천히 밖으로 나왔다. 언니는 떡볶이를 받아와 이미 먹을 준비까지 마친 상태였다. 빨리 먹자며 보채는 언니를 이상한 눈으로 한 번 쳐다보고는 떡볶이를 입으로 넣었다. 그리고 다시 뱉어냈다.

이거 뭔데? 몇 단계 시켰냐? 어?

5단계.

미쳤냐?

나는 5단계를 주문했다는 언니의 말에 언니를 노려보며 서비스로 온 복숭아 주스를 한 번에 다 마셔버렸다. 진짜 드디어 미쳤나 보다. 늘 0단계, 그래 봤자 2단계를 시키던 사람이 갑자기 5단세를 시켰다는데 저게 미친 게 아니면 또 뭐란 말인가. 언니는 내가 복숭아 주스를 마시는 중에도 열심히 떡볶이를 입에 넣었다. 언니의 눈에 눈물이 맺히기 시작했다. 그녀는 연신 코를 훌쩍였다. 한 다섯 개쯤 먹었나. 언니의 눈에 힘들게 매달려 있던 눈물 한 방울이 언니의 손등 위로 툭, 떨어졌다. 언니는 젓가락을 내려놓았다. 눈물이 다시 떨어졌다. 한 방울 툭, 이 아니라 비가 오듯 후두둑. 언니는 떡볶이를 앞에 두고 거의 한 시간을 울었다. 서럽게, 자식 잃은 사람처럼.

무슨 일인데?

한 시간 만에 겨우 진정한 언니에게 조심스럽게 물어보자 언니는 물을 한 잔 마시고 천천히 이야기를 시작했다.

우리 반에 나를 별로 안 좋아하는 친구가 있는 것 같아. 아무 이유 없이.

저기요. 원래 이 세상 사는 우리 모두가 누군가에겐 쌍년이랍니다.

아니 그건 나도 아는데, 걘 좀 달라.

언니를 싫어하는 친구는 지난해 언니와 가장 친하게 지냈던 친구였다. 나도 자주 들어본 사람이었다. 여러 부분에서 닮은 구석이 많았던 언니와 언니의 친구는 거의 매번 붙어 다녔다고 한다. 학교에서 그렇게 같이 다니고도 또 보고 싶은 건지 주말에는 그 친구와 전화하기 바빴다. 1학년 겨울방학까지만 해도 괜찮았던 것 같았다. 종종 길게 전화하는 모습을 볼 수 있었고, 한두 번 만나서 놀기도 했던 걸로 기억한다. 그랬는데 갑자기 왜?

2학년 시작하고 나서 멀어졌어. 그냥 걔가 거리를 두더라고. 근데 걔가 나한테 거리를 두니깐 다른 애들도 따라서 거리를 두는 느낌이 들어. 그냥 나만 소외된 것 같이.

언니 너 그 친구한테 뭐 잘못한 거 아니야?

나도 당연히 그 고민해 봤지. 근데 아무리 생각해도 답이 안 나와.

물어봐. 그게 차라리 속 시원하겠다.

물어볼까도 생각해 봤는데, 당연히 없다고 말할 거야 걔는. 그리고 내가 잘못 한 게 있어서 대화로 풀려고 해봐도 걔가 안 들으면 그것도 난 무서워. 걔만 보면 자꾸 그때가 생각나.

언니의 이야기를 들으며 인상을 썼다. 언니는 자기 트라우마를 떠올리게 하는 사람을 왜 붙잡고 싶은 걸까. 순간 언니가 깊은 한숨을 쉬었다. 언니의 긴 날숨과 동시에 언니는 또 줄어들었다. 바람이 빠지고 있는 인형처럼 서서히. 이제 언니는 내 얼굴 높이보다도 작다.

3.

추석이 다가오고 있었다. 언니는 추석을 싫어했다. 언니는 명절이나 제사만 다가오면 이 세상 모든 남자를 욕했다. 이번 추석도 예외는 없었다. 할머니는 언니에게 엄마와 함께 추석 전날 아침 7시까지 와 음식을 준비하라고 했다. 언니는 곧 시험이라 학원 일정이 있다며 할머니께 양해를 구했지만 돌아오는 것은 차가운 대답이었다.

네가 서연이처럼 1등을 하니, 아니면 혜원이처럼 전교 회장 일을 하니. 하여튼 아무것도 아닌 게, 어른이 오라면 그냥 네 하고 오는 거야.

중학생 사촌 동생들과 비교하며 언니를 비꼬는 말에 언니가 할 수 있는 행동은 별로 없었다. 아니, 한 가지를 제외하고는 아예 없었다. 네, 죄송합니다. 언니는 주먹을 꾹 쥐고, 고개를 푹 숙인 채로 죄송하다는 말을 반복했다. 추석이 끝나고 나중에 들은 이야기인데, 언니는 그 말을 듣고 눈이 돌아가 식탁부터 엎고 그럴 거면 잘난 손녀들 시키라고. 일 시키기에 너무 어린 것 같으면 당신 아들들 시키라고. 건장한 대한민국 XY 염색체들 잘 낳아놓고 뭘 아끼겠다고 나한테 그러냐고. 1부터 10까지 따지려고 했던 것을 속으로 애국가만 총 열두 번 부르며 참았다고 했다. 추석에도 언니에게 자유란 없었다. 차례 준비를 하는 남자들 사이에서 이것저것 심부름을 해야 했고, 겨우 찾은 휴식 시간에는 부엌 한 구석에 쭈그려 앉아서 숨만 쉬는 것이 다였다. 폭풍 같은 오전 일정이 끝나고, 우리는 남자들이 산소로 간 후 점심때가 다 되어서 첫 끼를 먹을 수 있었다. 겉으로는 티 내지 않았지만, 언니는 내게 문자로 드디어 밥 먹는다! 라고 보내며 무척이나 기뻐했다. 그렇게 내 옆자리에서 밥을 먹는 언니의 그릇으로 큰 생선이 한 조각 올라왔다. 순간 나도, 엄마도, 언니도 당황했다.

어머니, 애는 안 좋은 기억이 있어서 생선을 못 먹어요.

못 먹는 게 아니라 안 먹는 거지. 이런 건 자주 먹어줘서 나쁜 기억을 없애야 해.

생선에 좋지 않은 기억이 있는 언니는 초등학교 고학년부터 단 한 번도 생선을 먹은 적이 없었다. 그런데 갑자기 언니에게 생선을 주는 할머니에 엄마는 당황하며 언니의 그릇에 놓인 생선을 가져가려 했지만, 할머니가 엄마의 젓가락을 치는 바람에 생선은 다시 언니의 그릇으로 떨어졌다. 언니는 괜찮아요, 이제 먹을 수 있어요. 하고 할머니가 주는 생선을 모두 받아먹었다. 그리고 언니는 아침으로 먹은 모든 음식을 다 토해냈다.

등신이냐. 대충 둘러대고 먹지 말지.

바보냐. 내가 그러면 나중에 엄마가 욕먹어.

호구.

속에 있는 것을 모두 올려낸 언니는 속이 안 좋다는 핑계로 작은 방에 들어가 누울 수 있게 됐다. 정말 코딱지만한 방이었다. 밖에서는 명절답게 웃음소리가 끊이지 않았고, 나는 언니의 옆자리에 누워 잠깐 눈은 붙이려 했다. 잠에 빠지려고 할 때, 언니의 목소리가 들렸다.

난 진짜 싫어. 명절이 너무 싫어. 첫째라고 아기들 보는 것도 싫고, 여자라고 뼈 빠지게 일하는 것도 싫어.

그래 보여.

알아. 물론 내가 하는 일은 다른 어른들에 비하면 쥐꼬리겠지. 근데 싫어. 진짜 짜증나. 여자들이 다 해놓은 음식 좀 올려놓고 하는 거라곤 고작 절 몇 번밖에 없으면서………

아, 그건 솔직히 나도 인정.

더러워서 진짜. 내가 더러워서 전교 1등하고, 더러워서 학생회장 한다. 더러워서 다음 생엔 남자로 태어난다 내가. 아, 마지막 말은 취소. 남자 싫어.

언니는 그렇게 한참을 중얼거리다 잠이 들었다. 나는 조심스럽게 일어나 언니를 보았다. 언니는 내 어깨높이만큼 작아져 있었다.

4.

1학기 기말고사가 끝난 날이었다. 언니는 오랜만에 조금 가벼워 보였다. 그렇다고 좋아 보이는 건 아니었다. 마침 시험 끝나는 날이 같아 비슷한 시간에 집에 돌아온 언니와 나는 피자를 한 판 시키고 영화를 틀었다. 평범한 하이틴 영화였다. 사고 당할뻔한 여자 주인공을 어떤 남자가 구해 주고, 여자 주인공은 그 뒷모습과 걸음걸이만을 아는 그 남자를 잊지 못한다. 그러던 어느 날 다니고 있던 학교에서 그 남자와 뒷모습과 걸음걸이가 같은 남학생을 발견하고, 우여곡절 끝에 결국 그때 그 남자가 같은 학교 남학생인 것을 알아낸다. 둘의 사이는 친구 이상의 관계로 발전하게 되고 아무튼 둘은 하버드에 함께 입학하며 영화는 끝이 난다.
웃기네.
뭐가.
영화의 마지막 장면까지 집중해서 본 언니는 영화가 끝나자마자 피식 웃었다. 가끔가다 재밌는 장면이 나오긴 했지만 그렇게까지 웃기지는 않았는데. 언니를 이상하게 바라보자 언니는 어깨를 한 번 으쓱했다.
웃기지 않아? 공부하는 장면이 단 한 장면도 안 나왔는데 그 하버드에 입학했대.
듣고 보니 맞는 말이었다. 언니의 말처럼 단 한 순간도 공부하는 장면이 없었다. 여자 주인공은 수업시간에도 멍하게 앉아서 그 남자 생각외에 다른 것은 하지 않았다. 현생에 치이며 힘들어하지도 않았다. 그런데도 하버드에 입학이란다. 대한민국에서는 절대 있을 수 없는 그런 일.
아니 넌 근데 영화 내용은 안 보고 그런 거나 보고 있었던 거야?
의도한 건 아니고. 그냥 자연스럽게 보였어. 어쩔 수 없잖아. 내가 K

하이틴의 산증인인데.

그러면서 씁쓸하게 웃는 언니였다. 나는 언니의 팔을 한 번 툭 치며 다음에는 하이틴 영화 주인공으로 태어나라며 웃어 보였다. 그러자 언니는 더 쓴 미소를 지었다.

다음 생에는 바위로 태어날 거야. 인간관계도 없고, 입시도 없는. 그냥 바위로 태어나서 한 1억 년쯤 살아야지. 잘게 잘게 쪼개져서 모래로 변할 때까지.

어떤 말을 해야 할지 몰라 우물쭈물하는 사이에 언니에게 전화가 왔다. 흘끗 보니 학원 선생님이었다. 언니는 진동이 대여섯 번 울릴 동안 계속해서 망설이다가 네, 선생님. 하고 전화를 받았다. 전화를 받으며 언니는 온 집안을 서성거렸다. 이런저런 이야기 끝에 전화는 끊겼고, 이어서 또 전화가 왔다. 또 다른 학원 선생님인 것 같았다. 언니는 다시 네, 선생님. 하고 전화를 받았다. 역시나 전화를 받는 내내 온 집안을 돌아다녔고, 약간의 시간이 지난 후 언니가 거의 울기 직전의 표정이 되었을 때쯤 전화를 끊었다. 전화를 끊자마자 언니는 한숨을 쉬었다. 그와 동시에 언니는 또 줄어들었다. 언니는 좀 자고 싶다며 방으로 들어갔다. 언니가 들어간 방의 문이 닫히고 나는 몇 초간 멍하니 그 문을 바라보았다. 이제 언니는 내 어깨높이에 닿지도 않을 만큼 줄어들었다.

5.

언니는 점점 이상해지고 있었다. 그렇게 머리가 좋던 언니는 어느 순간부터 잘 기억을 하지 못했다. 언니의 뇌에 기억을 먹는 벌레라도 있는 듯. 한 번은 학교에 폰을 두고 하교해 다음 날이 토요일이었음에도 학교로 가야 했다. 학교에서 치는 쪽지시험 날짜나 선생님의 성함까지도 언니는 조금씩 잊고 있었다. 어느 날은 갑자기 책상 정리를 하더니 본인이 아끼던 물건을 이것저것 내게 줬다. 나한테는 딱히 필요도 없는 필기 노트, 플래너 뭐 그런 것들. 엄마한테도 안 줄 거라며 늘 애지중지 하던 것을 갑자기 저렇게 막 퍼준다. 기분이 이상했다. 또 다른 날은 입맛이 없다며 식사를 거르기도 했고, 어떤 날은 자다가 깨서는 거실 중간에 가만히 서 있기도 했다. 그날은 정말 깜짝 놀랐다. 날이 밝기 직전 가장 어두운 새벽이었고, 화장실에 가려고 눈을 비비며 나오다 그렇게 우뚝 서 있는 언니를 보고는 심장이 멎는 줄 알았다. 아무리 불러도 눈에 초점 없는 채로 서서 답을 하지 않던 언니는 갑자기 실성한 사람처럼 웃어댔다. 등골이 오싹해졌고, 소름이 돋았다. 언니가 웃는 소리에 곧 부모님도 눈을 떴다. 깜짝 놀라 달려 나온 엄마는 언니에게 정신 차리라며 몇 번 다그치다 주저앉아 엉엉 우셨다. 아빠의 얼굴에도 당황한 기색이 역력했다. 물론 아침에 정신을 차린 언니는 아무것도 기억하지 못했다.

또 어떤 날은 기분이나 생각이 널뛰듯 실시간으로 바뀌었다. 분노에 찬 얼굴로 누가 사라졌으면 좋겠다느니, 사고가 났으면 좋겠다느니 저주를 하며 몸을 부르르 떨다가도 금방 정신을 차리고 이러면 안 된다, 생각도 하면 안 된다. 자신의 머리를 때리기도 했다. 그렇게 몇 번 스스로 제 머리를 치다가 나는 왜 이것밖에 안 되는 인간이냐며 울기도 했고, 멍하니 앉아 있다가 기분이 좋아진 듯 헤실거리며 웃기도 했다.

하루는 언니가 거실 구석에 웅크리고 앉아 손톱을 물어뜯고 있었다. 조금 더 작아진 채로. 인상이 찌푸려졌다. 나는 몰라도 언니는 살면서 단 한 번도 손톱을 물어뜯은 적이 없었다. 손톱에서 그 사람의 자기 관리가 보인다며 늘 짧은 길이를 유지하던 언니가 어느 순간부터 손톱 자르는 걸 잊더니 급기야 오늘은 손톱을 물어뜯는다. 날이 갈수록 언니가 이상해진다. 지켜보는 내가 숨이 막힐 정도로 언니는 위태로워 보였다. 절벽 끝에 서 있는 사람 같았다. 언니. 조심스럽게 언니를 부르자 언니는 또 울었는지 충혈되고 잔뜩 부은 눈으로 나를 봤다. 그러더니 다시 울음을 터뜨렸다.

나 좀 도와줘. 난 진짜 앞으로 딱 한 걸음만 가면 될 것 같은데 너무 무서워.

절벽 끝에 서 있는 언니가 한 걸음 더 앞으로 가고 싶다며 나에게 도움을 청했다. 내가 밟고 있는 바닥이 무너지는 느낌이 났다. 눈앞이 캄캄해졌다. 언니는 나에게 도움을 청했지만 나는 해줄 수 있는 일이 없었다. 이렇게 언니의 앞에 주저앉아 언니와 함께 우는 것. 그게 내가 할 수 있는 유일한 것이었다. 이제 언니는 네 살 먹은 아이보다 약간 더 작았다.

6.

언니에게 한 통의 전화가 걸려왔다. 전화를 받은 언니는 최근 본 얼굴 중 가장 밝은 얼굴을 하고 있었다. 후에 들었는데 전화 상대는 다른 지역의 고등학교에 진학한 친구라고 했다. 둥글고 착한 성격을 가진 그 친구는 중학교 2학년, 언니가 한참 예민하고 힘들었을 때 언니에게 먼저 다가왔고 특유의 귀엽고 밝은 기운으로 졸업할 때까지 언니의 곁을 지킨 친구 중 하나였다. 언니는 방에서 스피커 통화를 하고 있었고, 방문은 살짝 열려 있었다. 그래서 의도치 않게 그 둘의 전화 내용 일부를 듣게 되었다.

나 진짜 고민 많이 했어. 내년 1월 1일 새해가 밝으면 마지막으로 일출을 보고 갈까, 아니면 조금 더 기다렸다가 내 생일에 갈까. 뭐 이런 고민.

1월 5일에 네 생일 보내고 1월 6일에는 내 민증 사진 찍는데 같이 가 줘. 그리고 1월 18일에는 수영이랑 같이 면허 시험 치러가자.

은서야.

문 너머로 들리는 언니의 목소리가 떨리고 있었다.

1월 31일에는 전화하면서 설음식 준비도 하고, 2월 18일에는 내가 좋아하는 가수 콘서트에 같이 가자. 티켓팅은 내가 할게.

은서야.

은서라는 친구의 목소리도 떨리고 있었다.

우리 할 일 되게 많아. 너 나한테 아직 귤청 만드는 것도 안 알려줬고, 고양이 인형도 안 만들어줬잖아. 그러다 시간 되면 같이 수능도 치고 12월에는 내 생일 파티도 해야지. 어디 가지 말고. 그러면 또 네 생일이고 다음에는 또⋯⋯⋯.

도은서 울지 마. 왜 울어.

전화 내용을 다 듣지는 못했다. 방문 너머로 들려오는 두 울음소리 때문에 나도 같이 울컥해서. 거실에 소파에 멍하니 앉아 마음을 가라앉혔다. 시간이 얼마나 지났을까. 언니가 조용히 밖으로 나왔다. 역시나 눈이 잔뜩 부은 언니는 바람을 쐬고 싶다며 집 밖으로 나갔다. 나는 언니가 나간 현관문을 몇 분간 바라보다 혹시나 하는 마음에 언니의 방으로 들어갔다. 역시나 방은 지저분했고, 언니의 폰은 침대 위에 있었다. 언니가 자주 깜빡하던 시점부터 언니는 폰을 자주 두고 다녔다. 아무튼 나는 잽싸게 언니의 폰을 들었다. 비밀번호가 풀린 채로 화면이 켜져 있었다. 나는 천천히 언니의 폰을 들여다봤다. 문자부터 SNS까지 모두. 언니의 상태를 아는 친구들이 많은 듯했다. 힘들어 보인다, 무슨 일 있나부터 너 없으면 못 살아까지. 언니를 걱정하는 연락이 가득했다. 그런데 이상했다. 언니를 걱정하는 연락은 다른 반 친구나 초등학교, 중학교 동창들에게서 온 것들뿐이었다. 정말 이상했다. 어쩌면 가족들보다 함께 있는 시간이 많을 같은 반 친구들에게서는 단 한 통의 연락도 없었다. 비즈니스적 관계, 그 이상도 이하도 아니라는 듯. 손에 힘이 들어갔다. 매정한 사람들.

7.

이렇게는 안 될 것 같다 싶어서 나는 언니를 불렀다. 내 오랜만에 내 침대 위에 나란히 앉은 언니와 나는 꽤 오랫동안 침묵을 유지했다. 자신 있게 불렀지만, 딱히 해줄 말이 없었다. 언니의 기분을 내가 느껴본 적이 없으니. 힘내라는 말이 전혀 도움이 되지 않을 것 같았다.

미안. 불러 놓고 해줄 말이 없다.

나는 내가 잘하고 있는 줄 알았어. 생각해 보면 나한테 내가 우선이었던 적은 거의 없는데, 사람들이 참 웃겨. 몇백 가지 잘해준 건 기억도 못 하면서 한 가지 잘못한 건 그렇게⋯⋯⋯.

천천히 이야기를 시작한 언니는 결국 말을 마치지 못했다. 언니는 또 울었다. 모래성. 언니는 모래성이었다. 크고 아름답게 반짝거리지만, 단 한 번의 파도에 흔적도 없이 사라져버리는 모래성을 닮았다. 그래서 지금도 이렇게 눈물을 흘리면서 점점 사라져가고 있는 걸까. 언니는 빠른 속도로 줄어들었다. 이러다가 사라지는 건 아닐까, 걱정될 정도로. 한 뼘 정도로 작아진 언니는 내게 "이제 더는 못해 먹겠다."라는 말만 남기고 그대로 사라져버렸다.

그렇게 언니가 사라졌다. 정말 갑자기. 정확히 '갑자기'보다는 '방금 내 눈앞에서 갑자기' 사라졌다가 더 맞는 표현 같았다. 아무튼 언니가 사라졌다. 몇 달 전부터 조금씩, 아주 조금씩 작아지다가 결국 더 이상 버티지 못하고 내 눈앞에서 사라져버렸다. 아직도 잘 모르겠다. 언니가 왜 사라졌는지, 왜 작아졌는지. 하나 기억나는 부분이 있다면 언니가 작아지던 날이면 늘 언니는 피곤해 보였다는 것, 가끔 울고 있었다는 것. 마치 오늘처럼. 목구멍 저 끝 어딘가부터 뜨거운 열기가 올라왔다. 눈물이 툭, 떨어졌다. 언니가 갑자기 사라진 상황에 내가 할 수 있는 일은 없었다. 아, 굳이 하나를 찾아보자면 몇 초 전까지 서럽게 울던 언니가 완전히 사라져버린 그 자리에서 차디찬 바닥의 온도에 먹혀가는 언니의 온기를 붙잡아보려 애쓰며 언니처럼 그냥 이렇게 우는 것. 그게 다였다. 언니가 보고 싶다.

순간 내 몸에서 바람이 빠지듯 무언가 빠져나가는 느낌이 들었다.

행복상실증

김다은

날씨가 점점 추워지고 해가 짧아지기 시작했다. 저번 달보다 이른 시간에 저녁 햇살이 들어와 창문 그림자를 만들었다. 그림자가 발끝을 따라 나가는 문 앞까지 이어질 때가 되면 선생님이 나를 보내주기로 약속했다. 우리만의 규칙이었다. 선생님은 언제나처럼 대답을 듣고 싶다는 눈빛으로 바라봤지만 나는 언제나 그랬듯 그저 자리에서 일어났다. 꾸벅 고개를 숙이고 문을 열고 걸어가는 게 나의 대답이었다. 왼쪽 손목의 시계가 빨간 불빛을 내며 빛나고 있었다. 오늘도 행복하지 못했다.

지나가는 사람들의 손목에는 당연하다는 듯이 저마다의 파란 불빛이 은은하게 돌고 있었다. 그중 어떤 사람들은 나를 보고 움찔거리며 놀라기까지 한다. 시선이 허공에서 손목으로, 손목에서 얼굴로, 다시 허공으로. 이제는 일일이 상처받지도 않았다. 가끔은 허공을 떠돌던 시선이 내가 방금 나온 건물 벽의 간판으로 향하기도 한다. 행복 상담소. 파란 네온사인이 당연하다는 듯이 빛나고 있었다. 뒤에서 차 창문 내리는 소리가 들렸다. 엄마가 운전석에서 손을 흔드는 게 보였다.

"오늘은 어땠니?"

"똑같아요."

의무적인 짧은 대화가 끝나면 각자의 일을 한다. 엄마는 운전을, 나는 이어폰을 귀에 꽂고 차 창문 밖으로 시선을 고정한다. 해가 지는 모습이 아름답다는 생각이 들었다. 예전 같았으면 지금 파란 불빛이 켜졌을지도 몰랐다. 그랬더라도 엄마가 먼저 알았을 것이다. 엄마는 지금도 운전을 하며 3분에 한 번씩 내 손목을 쳐다보고 있으니까. 나는 그걸 알고 손목 근처는 쳐다도 보지 않겠다는 기세로 창밖을 바라봤다. 엄마가 아무 말도 안 하는 걸 보니 오늘도 글렀나 보다.

나는 행복상실증에 걸렸다.

* * *

십 년 전 어느 날, 건강하던 20대 직장인이 원인을 알 수 없이 죽은 채로 발견됐다는 기사가 나 화제가 됐다. 그리고 몇 주 후에 수도권에 살던 고등학교 3학년 학생이 똑같은 상태로 죽은 채 발견되었다. 그 후 나이, 성별, 직업에 상관없이 갑작스러운 의문사가 전국 곳곳에서 발생하기 시작했다. 이유도 모르고 죽은 이의 가족들이 흘리는 눈물이 파도가 되어 나라를 흔들어 댔다. 고등학생이던 우리 언니도 그때 죽음의 행렬에 함께 했다. 내가 일곱 살 때의 이야기이다.

의사와 연구자들은 몇 개월에 걸쳐서 이유를 밝혀냈다. 그러나 안타깝게도 그로 인한 죽음은 이유를 알아냈음에도 쉽게 멈출 수 없었다. 죽은 사람들에게 부족했던 것은 행복이었다. 정신이 건강한 사람에게는 가벼운 감기처럼 작용하는 변이 바이러스가 있다. 그 바이러스는 행복을 일정 수준 이상 느끼지 못하는 상황에 있는 사람에게는 정신 질환을 유발한다. 뇌에서 행복을 느낄 수 있는 부분이 고장나는 것이다. 바이러스를 그대로 방치시키면 뇌의 다른 부분까지 영향을 끼쳐 결국은 심장을 멈추게 만든다. 의사들은 그 병에 행복상실증이라는 이름을 붙였다.

그 뉴스는 각종 방송사를 통해 전 세계로 알려졌다. 엄마는 그때 집에서 텔레비전으로 뉴스를 보고 있었다. 꽉 쥔 주먹에 힘이 들어가 손톱자국에서 피가 새어 나오는 게 보였다. 나는 말 없이 엄마의 손을 잡았다.

그 후로 내가 커가면서 엄마는 날 유리로 만들어진 인형쯤으로 여기는 것 같았다. 어디 하나 잘못 건드리면 그대로 깨지기라도 할 듯이. 나는 사실은 그 반대였다. 태생이 무던하게 태어나 커다란 감정의 변화를 느끼지 못했다. 엄마가 나에게 웃음을 주려고 했던 노력이 사실은 별 영향을 미치지 않았다고 고백하기까지는 꽤 오랜 시간이 걸렸다. 그 말을 들은 엄마는 언니가 있는 곳으로 홀로 차를 타고 갔다 왔다. 집으로 돌아온 엄마는 눈이 온통 부어 있었다. 그리고 나에게 작은 화면이 달린 스마트시계를 채워 주었다. 엄마도 같은 걸 차고 있었다. 자세히 보니 사람들이 모두 같은 시계를 차고 있었다. 사람들의 손목에서 파란 불빛이 은은하게 빛나고 있었다. 내 시계의 파란 불빛이 빨간색으로 바뀌기까지는 그리 오래 걸리지 않았다. 처음 빨간 불이 들어왔을 때 엄마의 표정을 보고 짐작할 수 있었다. 나도 언니와 같은 길을 걸을지도 모르겠구나, 하고.

* * *

신호에 걸려 차가 멈춰 섰다. 엄마는 새끼손가락으로 운전대를 두드리며 콧노래를 작게 흥얼거렸다. 오늘은 기분이 나쁘지 않은 모양이다.

"약은 먹었어?"

나는 대답 대신 가방에서 빈 약통을 꺼내 보였다.

"오늘 집에서 채워 가야겠네. 다른 짐은 다 챙겼니?"

"별로 챙길 것도 없었어요."

"그래도 첫날이잖니. 엄마는 요즘 애들 뭐 하고 노는지 몰라서 그래. 네가 필요한 거 있으면 알아서 잘 챙겨."

"학교에 놀러 가나, 공부하러 가지."

나는 가볍게 웃으며 말했다. 엄마는 고개를 내 쪽으로 돌리고 환하게 웃었다. 내가 행복을 잘 느끼지 못할 뿐 일상생활이 불가능한 건 아니라는 것을 엄마는 잘 알고 있었다. 그래서 내가 일반적인 고등학교에 진학하고 싶다고 했을 때 기꺼이 동의해 준 것이었다.

"혹시라도 경보 울리거나 아프거나 하면 바로 전화해야 한다. 알지?"

엄마가 시계를 흘긋 보며 말했다. 나는 알겠다는 의미로 고개를 끄덕였다. 나라고 기대를 안 하는 것도 아니다. 새로운 환경에서의 설렘이 어쩌면 내 마음을 울렁거리게 할 수도 있었다. 울렁거린다는 표현은 내가 행복을 상기시켜 보라고 하면 드는 느낌에서 따 온 것이다. 마음에 따뜻한 액체가 가득 차는 느낌, 내가 기억하는 행복은 적어도 이런 것이었다.

입학식은 평범하게 소란스러웠다. 벌써 친해진 아이들은 삼삼오오 몰려다니며 뭐가 그렇게 즐거운지 제각기 떠들고 있었다. 역시나 손목의 파란 불을 빛내면서 말이다. 나는 일부러 소매가 긴 외투를 입어 시계를 가렸다. 첫날부터 다른 아이들의 수군거림을 견딜 자신은 없었다. 내 안에서 행복이 없어진 이후로 다른 감정은 오히려 더 선명하게 자국을 남겼다. 마음에 구멍이 나서 행복이 다 빠져나간 이후 한동안은 빈 공간을 그대로 놔뒀다. 그 후로 약을 먹으며 구멍을 메우기는 했지만 행복한 감정이 빠져나간 자리는 다시 행복으로 채울 수 없었다. 그래서 남아 있던 감정들이 자리를 차지하기 시작했다. 감정에도 총량이 정해져 있나 보다. 수치심과 우울함과 당황스러움과 같은 것들은 어느새 몸을 불려 마음 안쪽을 채웠다. 가끔은 나도 모르게 넘쳐 흐르기도 했다.

주변 아이들은 어느새 일 년을 함께 할 사람을 찾은 모양이다. 친구를 사귀면 회복에 도움이 될 거라는 어른들의 말이 미웠다. 나조차도 내가 성숙하지 못하다는 것을 안다. 마이너스와 마이너스를 더해 봤자 마이너스일 뿐인데 미성숙한 사람이 모여 어떻게 안정을 이룰 수 있단 말일까. 그런데도 내 또래 아이들은 친구로부터 무언가를 얻는다고 하니 그것마저 내가 이해해야 할, 이뤄야 할 행복의 일부인가 보다.

"저기, 옆에 자리 있어?"

긴 머리를 풀어 내린 여자애가 고개를 내 쪽으로 한껏 기울이고 말을 걸었다. 아마 이 반에 있는 사람 중에 교복을 제일 단정히 입은 사람인 것 같았다. 기대하지 않은 척했지만 사실 기다리고 있었던 상황이었다. 처음 보는 사람에게 말을 거는 것은 생각보다 많은 용기가 필요하다. 그 애는 나와 달리 용기 있는 사람 같았다. 나는 당황하지 않은 척을 하며 작게 고개를 저었다. 옆자리에 앉으려나 싶어 몸을 왼쪽으로 살짝 기울였지만 그럴 필요는 없었다. 그 애는 의자를 꺼내 창가 맨 뒷자리 빈 책상에 앉았다. 나는 머쓱함을 뒤로 하고 아무렇지 않은 듯 다시 자세를 고쳐 앉았다.

나에게 말을 거는 아이들은 그 후로도 몇 있었지만 내 차분한 대답 때문인지 흥미를 잃고 자기네 무리로 돌아가기 부지기수였다. 좋게 말하면 차분함이었고 솔직히 말하자면 딱딱함이었다. 나는 감정의 결여를 감추기 위해 모든 감정을 드러내지 않는 편을 택했다. 더 솔직히 말하자면 나는 가벼운 첫 만남을 이루기가 어렵다. 다른 사람이 설렐 때 나는 두려움을 느낀다. 내 뇌는 긍정적인 상황에서도 부정적인 마음을 가져버리도록 만들어졌다. 새로운 사람을 만날 때면 그 마음이 수면 위로 떠오를까 걱정이 됐다. 그런 걸 회복하기 위해 학교에 온 것인데 나는 또 도망치고 있었다. 어떨 때는 그 자리에 가만히 서 있는 게 뒤돌아 도망치는 것보다 어렵다.

첫날에 나는 교실의 맨 뒷자리에 앉았다. 무리의 중심에서 안정감을 느끼는 사람이 있는 반면에 언제나 가장자리에서 안정감을 느끼는 사람이 있다. 나는 후자이다. 뒷문에서 창문까지 이어지는 맨 뒷자리에 앉은 다른 사람들도 그럴지 궁금했다. 적어도 창가에 앉은 그 애는 나와 비슷한 부류인 것 같았다. 입학한 후 나에게 처음으로 말을 걸었던 사람이다. 그래서인지 스치듯이 지나간 만남이었는데도 인상적으로 남아 있었다. 모든 처음은 으레 그렇다. 처음 본 그 애에게 나랑 닮은 점이 많다는 생각이 들었다.

학교에서 집으로 바로 가는 버스가 있지만, 일부러 버스를 타지 않았다. 오후 여섯 시 즈음의 햇빛을 맞는 것이 좋았다. 엄마는 좋아하는 걸 계속 반복하라고 했다. 나는 강가를 따라 걸으며 내가 좋아하는 것들에 대해 생각했다. 혹여나 시계에 파란 불이 들어오지 않을까 가끔 소매를 들춰 보았다. 물론 주변에 사람이 없는 것을 확인하고 말이다. 스무 발자국 정도 떨어진 곳에 우리 학교 교복을 입은 학생이 있었다. 길고 검은 머리가 햇빛을 받아 가장자리가 하얗게 빛났다. 그 사람이 고개를 옆으로 돌린 탓에 그 애인 걸 알아봤다. 내 시선이 그 애의 시선을 따라가더니 강 저편에서 멈췄다. 시야 가장자리에서 그 애가 강가 쪽으로 걸어가고 있었다. 그 애가 허리를 숙여 신발과 양말을 벗더니 강 안쪽으로 조심스레 발을 내디뎠다. 차가움에 몸을 떠는 것이 보였다. 나는 놀란 마음에 우리가 친한 사이가 아니라는 것도 잊고 달려가 그 애의 팔을 붙잡았다.
"누구야?"
그 애가 인상을 살짝 찌푸리며 말했다. 나는 이후의 일을 생각하지 않았기 때문에 적잖이 당황스러웠다.
"왜 물에 들어가……?"
할 말이 생각나지 않아 바보 같은 표정으로 물었다. 그 애의 시선이 내 얼굴에서 자신의 손목으로 갔다. 소매가 젖혀 있었다. 빨간 불이 너무도 선명하게 보였다. 그 애도 나처럼 항상 긴 옷을 입고 있었다는 게 문득 떠올랐다.

깨끗한 잔디를 찾아 그 위에 먼저 앉았다. 그 애가 조금 거리를 두고 앉았다. 먼저 말을 꺼내야 하나 고민하던 중 그 애가 여전히 강 쪽을 바라보며 말했다.

"네가 생각하는 거 아니야. 내가 죽으려고 하는 줄 알았지?"

나는 놀라서 그런 걸 생각할 시간도 없었긴 하지만 다시 되짚어 보니 그런 것 같았다. 혼자 강물에 들어가려는 사람을 보고 드는 생각이 무엇일지 뻔했다.

"너도 이거지?"

그 애가 손가락으로 시계를 건드리면서 물었다. 빨간 불이 들어와 있었다.

"이거라면…… 응."

"솔직히 행복상실증이란 병명 웃기지 않아? 나한테는 행복이 없는 것보단 우울함이 많은 게 더 문제인데."

그 애는 말을 돌리려는 듯이 엉뚱한 얘기를 꺼냈다.

"왜 들어가려고 했는데?"

나는 그 애의 말에 대답하지 않고 턱짓으로 물 쪽을 가리켰다. 그 애가 원래 친구였던 것처럼 말을 잇는 것도 조금 당황스러웠다.

"행복해지려고."

"죽는 게 행복한 거야?"

"뭐라는 거야. 죽으려던 거 아니라니까. 너는 그런 말 안 들었어? 좋아하는 일을 하라고. 나는 내가 다니는 상담소에서 그렇게 들었거든."

그런 말을 안 들었을 리가 없었다. 내가 어렸을 적에 엄마가 지겹도록 반복해 오던 말이다.

"물에 들어가는 게 좋아? 아무리 그래도 교복 입고 들어가는 건 힘들 텐데."

"아니, 처음 해보는 짓이야. 좋은지 궁금해서 해본 거야."

그 애는 다시 강을 바라봤다. 눈동자에 윤슬이 비쳐 보였다.

"예쁘잖아. 예쁜 걸 보면 그래도 기분 좋거든. 더 가까이서 보면 이게 혹시라도 파란색으로 변할까 싶어서."

우리는 동시에 시계를 바라봤다. 엄마나 상담 선생님과는 이런 얘기를 나눠 본 적이 없었다. 같은 옷을 입고 같은 마음을 나누는 사람이 생겼다. 착각일지 모르겠지만 감정이 조금씩 제자리를 찾아가는 느낌이 들었다.

그 애의 집은 나와 한 블럭 떨어져 있었다. 우리는 해가 뜰 때 만나 해가 질 때 헤어졌다. 다른 사람들에게는 이상해 보였을지도 모르겠다. 우리는 같이 있으면서 잘 웃지도 않았다. 어색한 사이처럼 조금 떨어져서, 그런데도 서로의 목소리가 들릴 만큼 편안한. 우리는 그런 거리에서 같이 걸었다.

그 애는 가끔 이상한 걸 물었다.

"우리가 죽는 게 빠를까, 이 시계가 없어지는 게 빠를까?"

내 의문스러운 시선을 걔는 왜 못 알아듣느냐는 듯이 받아쳤다.

"행복은 상대적인 거라면서 자기네들 기준으로 우릴 비정상 취급하잖아."

"그게 마음에 안 드는 거면 시계가 아니라 우리 병을 원망해야지."

"나는 차라리 이유도 모르고 죽어버리는 게 나았을 것 같다는 생각이 들어. 내 몸은 이렇게 멀쩡한데 당장 죽을 것 같은 사람 취급하는 거 마음에 안 든다고. 다들 고작 이 빨간 불 때문에."

차라리 죽는 게 낫다는 말은 주변 사람의 죽음을 본 적 없는 사람만이 할 수 있는 말이라고 생각한다. 이런 말을 할 수 있는 게 행운이라는 걸 알까.

"우리 언니가 그렇게 죽었는데, 별로더라."

그 애는 흠칫 멈춰 서더니 다시 걸었다. 표정이 조금 어두워져 있었다.

그 애는 미안하다고 말했고 나는 괜찮다는 뜻으로 고개를 저었다. 이럴 때마다 숨이 막히는 기분이 들었다. 우리의 병은 정확한 치료법이 아직 밝혀지지 않았다. 의사들은 바이러스를 이겨내고 행복한 감정을 다시 느끼게 되면 어느 정도 자가치료가 된 것이라고만 한다. 물론 어떻게 행복해질 수 있는지는 아무도 알려주지 않았다. 그 애의 말대로 행복은 상대적인 것이기 때문이었다.

"넌 언제부터 이랬어?"

혼자 고개를 숙이고 말없이 걷던 그 애가 말했다.

"처음부터."

"태어나고 나서 바로 병에 걸린 건 아닐 거 아냐."

"태어날 때부터 원래 무덤덤한 성격이었는데, 즐겁거나 기쁘거나 하는 건 다 멀쩡했어. 근데 언니 그렇게 가고 얼마 안 지나서 이렇게 되더라."

"부모님 힘드셨겠다. 우리 아빠도 나만 보면 막 울 거 같은 눈빛으로 쳐다보는데, 너도 그러니?"

언니가 죽고 엄마의 그 눈빛 때문에 내가 이렇게 됐을 거라고 짐작한다는 건 굳이 말하지 않았다.

"난 부모님 이혼하시고 나서부터 이랬어. 우울증인 줄 알고 아빠가 병원에 데려갔는데 얼마 후에 바이러스 발견되고 보니까 걸렸다더라."

그 애는 억지로 웃는 듯한 표정을 지었다. 슬픈 얘기를 할 때는 억지로 웃는 게 도움이 된다. 감정과 표정이 따로 놀면 마음이 있는 그대로 새어 나오는 걸 조금은 막을 수 있다.

* * *

매미 우는 소리에 잠에서 깼다. 창문에 붙은 매미 때문에 남자애들 몇 명이 떼어내려고 애를 쓰고 있었다. 여전히 창가 자리에 앉은 그 애는 소음에 아랑곳하지 않고 엎드려 자고 있었다. 열린 창문으로 더운 바람이 들어왔다. 나는 그 애의 옆으로 의자를 끌고 가 앉았다.

"오늘 불꽃놀이 보러 갈 거야?"

"네가 가면."

고개를 끄덕이며 좀 더 가까이 의자를 끌었다.

"가면 좀 좋아질지도 모르지. 너 예전부터 불꽃놀이 한번 보고 싶다고 했잖아."

"응. 그리고 이번에는 나도 노력을 좀 해 보려고. 우리 상담소 선생님이 말해 주신 건데, 웃는 표정을 따라 하는 것만으로도 기분이 좋아진대."

듣고 보니 맞는 말 같았다. 겉모습을 따라 하면 그 안에 담긴 것도 어느 정도 비슷해질지 모른다. 행복해지는 방법이 별 게 있을까 하는 생각이 들었다. 남들 하는 거 다 하다 보면 그 안에서 행복을 찾을 수 있을지도 모른다. 요즘 들어 긍정적인 생각이 들었다. 학교도 다니고 친구도 사귀며 평범해지는 게 엄마가 바랐던 나의 모습이다. 어느새 그 모습과 닮아 가고 있었다.

학교가 끝나고 다른 아이들을 따라 강가로 갔다. 나무에 걸린 현수막에는 '가족과 함께하는 불꽃 축제' 따위의 흔해 빠진 문구가 적혀 있었다. 그 애와 나는 제각기 떠드는 사람들 사이에 자리를 잡고 앉았다. 형광 조끼를 입은 남자가 곧 시작한다며 확성기로 소리를 질렀다. 나와 그 애는 불꽃과 사람들의 모습을 동시에 눈에 담아 보자며 우스갯소리를 했다. 어쩌면 오늘은 내가 이 군중 속에 완전히 녹을 기회일지도 몰랐다. 시계의 불빛 색이 바뀌어 오면 엄마가 무슨 말을 할지 상상하며 강가를 바라봤다.

곧이어 폭죽이 터지고 불꽃이 사방으로 퍼졌다. 나는 웃고 즐기는 사람들의 얼굴을 하나하나 눈에 담았다. 사람들은 눈이 반으로 접히고 눈가에 주름이 생겼다. 입꼬리가 올라가 있거나 활짝 벌린 채로 기분 좋은 소리를 질렀다. 나는 터지는 불꽃을 보며 그 표정을 따라 했다. 소리도 지르고 눈을 접으며 웃어도 봤다. 그러나 그 안에는 아무것도 들어 있지 않았다. 입꼬리가 점점 내려가는 게 느껴졌다. 경련이 날 것 같았다. 얼굴에서 미소가 지워지는 게 느껴졌다. 웃는 표정의 일그러진 얼굴 근육에는 저마다의 마음이 담겨 있었다. 나는 그게 없었다. 아이들의 웃음소리가 아프게 귀를 찔렀다. 그 애는 나를 봤고 나도 같은 마음으로 그 애를 봤다. 눈동자에 비친 불꽃이 선명한 빨간색을 띠고 있었다.

집에 가는 길에 그 애가 먼저 말을 꺼냈다.
"바다 갈래?"
나는 거절할 이유가 없어 그러자고 했다. 엄마에게 바다에 다녀오겠다고 말하니 기쁜 표정을 숨기지 못하며 허락했다. 엄마에겐 친구가 생겼다는 것도 말하지 않았다. 그 친구가 나와 같은 상태라는 걸 알고 지을 표정을 마주하기 싫었기 때문이었다. 엄마는 내가 나아지고 있다고 생각하겠지. 여기까지 생각하니 속이 울렁거렸다. 내가 언니처럼 된다면 엄마는 어떡해야 할까.
짐은 금방 쌌다. 사 놓고 한 번도 쓰지 않아 반질반질하게 광이 나는 짐 가방이 무색하게 들어갈 짐이 별로 없었다. 그 애도 그랬다. 특별한 옷조차 입지 않고 동네 산책하는 차림으로 나왔다. 비슷한 모습을 한 서로가 우스워 마주 보고 짧게 웃었다. 우리는 가장 가까운 바닷가로 가는 버스에 탔다. 버스는 들뜬 표정의 사람으로 가득 차 있었다. 이제는 그런 표정의 사람들을 봐도 아무런 생각이 들지 않았다. 아무래도 좋았다.
바다는 사람이 별로 없었다. 하늘엔 구름이 껴 우중충한 날씨였고 모래사장에는 드문드문 쓰레기가 버려져 있었다. 내가 sns를 열심히 하거나 사진 남기는 걸 좋아하는 사람이었다면 실망스러웠을지도 몰랐다.

다행히 나는 그런 사람이 아니다. 열정과는 거리가 멀며 쉽게 들뜨지도 않는 사람이었다. 나는 쉽게 행복해지지 않는 형태의 마음을 가졌다. 그 애는 무슨 생각을 하고 있는지 말없이 바닷가를 따라 걸었다. 바닷바람에 그 애의 검은 머리카락이 한 올 한 올 흩날렸다. 그 애는 뒤를 돌아 날 보고 웃었다. 이상하게 눈썹 끝이 내려간 미소였다. 잿빛 바다와 그 모습이 잘 어울렸다.

문득 엄마랑 언니 생각이 났다. 엄마도 같이 왔었으면 좋았을 뻔했다. 그러고 보니 언제부턴가 엄마의 얼굴에서도 좀처럼 밝은 표정을 찾아볼 수 없었다. 어쩌면 당연했다. 나는 주변을 너무 둘러보지 못하는데 엄마는 너무 주변만을 둘러보며 살았다. 엄마랑 나랑 합쳐서 딱 반으로 나누면 좋겠다는 이상한 생각이 들었다. 엄마는 나를, 언니를 생각할 때 어떤 마음이 들까. 조용한 곳에 있으니 이렇게 다른 사람의 마음까지 생각하게 된다. 진작에 이래 볼 걸 하는 후회가 생겼다.

몇 마디의 말 없이 해변을 걷다가 해가 졌다. 우리는 저녁을 대충 먹고 띄엄띄엄 설치된 낡은 조명 몇 개를 따라 다시 걸었다. 걷다 보니 조명 하나가 꺼져 있었다. 우리는 약속이라도 한 듯이 그 아래 앉아 바다를 바라봤다.

"우리 처음 얘기했을 때도 이런 구도였던 것 같은데."

"응. 기억난다."

그때 그 애의 눈은 햇빛을 받아 노랗게 빛나고 있었다. 오늘은 까맸다. 윤을 낸 구슬 같았다. 그 애의 손목시계에서 은은하게 빛나는 빨간색만이 옅게 비쳐 보였다. 그 애의 눈꺼풀이 까만 눈동자를 덮었다. 그리고 말이 없었다. 나도 그렇게 했다. 우리는 바다의 짠 공기를 들이마시며 파도 소리에 귀를 기울였다. 고요했다. 그 고요함과 어둠의 조화가 마음에 들었다. 너무나도 빠르게 돌아가는 세상에서 우리는 뒤떨어진 축에 속했다. 남들이 웃을 때 웃지 못하는, 웃는 사람들 사이에 있기보다는 아무런 표정도 짓지 않고 단둘이 있을 때 가장 안정감을 느끼는 우리. 나는 이 고요함 속에서 행복을 찾았다.

그 애가 다시 눈을 떴을 때는 파란 빛이 비쳐 보였다.

네
로

김소연

　개미가 기어 올라오는 듯한 찝찝함에 자리를 옮긴 게 벌써 세 번째였
다. 눈에 잘 띄지 않는 구석진 곳에 몸을 웅크리고 누웠지만 몸이 간지
러운 것은 여전했다. 개미 탓을 할 게 아니라 한 달 동안 씻겨지지 않은
내 몸을 탓해야 할 것이었다. 폐지 줍는 할머니께서 웬일로 부지런함을
뽐내신 탓에 그 흔한 박스조차 구하지 못해 언짢았다. 멀쩡한 식량을 구
하기 위해서는 체력이 필요하므로 음식물 쓰레기 냄새를 맡으며 잠을
청했다. 도시의 잡음에 뒤척이다 잠에서 깨면, 가방을 멘 사람들이 일제
히 어딘가로 향하는 것을 볼 수 있다. 그들이 매일 피곤에 찌든 얼굴을
하고 가는 곳을 '학교'라고 한다. 그들이 학교에 가기 시작할 때쯤, 나의
하루 일과도 함께 시작된다. 사실 나에게는 딱히 일과랄 것도 없다. 먹
을 것을 구하고, 경쟁하고, 끝내주게 잠자기. 그리고 매일 아침마다 미
주의 생사를 확인하기 위해 옆 건물로 이동해야 했다. 옆 건물에 도착했
을 때 나는 미주와 그녀의 발밑에 있는 덩어리를 보았다. 두 발자국 더
다가갔을 때 그것이 루아라는 걸 깨달았지만 믿지 않았다. 루아는 희어
야 할 입 주변이 붉게 물든 채로 눈을 뜨고 있었고, 내가 피 묻은 참치
캔을 발견할 때까지 단 한 번도 눈을 깜빡이지 않았다.

"모조리 먹어치워야 해. 흔적이 남으면 울 것 같아."

미주는 루아를 정성껏 핥고는 귀부터 조심스럽게 씹었다. 그 옆에서 울음소리를 내는 것이 나의 임무였다. 하지만 나는 그걸 하지 말았어야 했다. 갑작스레 다가오는 그림자를 피하기도 전에 수백 개의 바늘로 찔린 것만 같은 고통이 찾아왔다. 미주와 함께 바닥에 나동그라져 정신이 혼미한 와중에, 빗자루를 든 그가 루아의 시체를 아무렇게나 들어 올려 전봇대 앞에 던져 버리는 것이 흐릿하게 보였다. 곧바로 그를 뒤따라가려 했지만 이내 목덜미를 잡혀 내던져졌다.

"하여간 짐승 새끼들, 다 죽어 버려야 돼."

그림자는 할 일을 다 했다는 듯 손을 탁탁, 털더니 점점 작아졌다. 목덜미가 아려왔다. 사실 아려오는 정도가 아니었다. 미주는 다리를 절었는지 비틀대며 다가와 목을 핥아 주었다. 까끌까끌한 혀의 감촉에 털을 곤두세웠다. 처음 느껴 보는 감정이라 어색했지만, 이건 분명 애정이었다. 사랑받는 기분.

인간은 우리를 싫어한다. 우리도 마찬가지이다. 그들에 의해 먼저 세상을 떠난 동료들이 한둘이 아니었다. 인간들은 날이 갈수록 더 다양한 수법으로 우리들을 괴롭히고 학대했다. 그들에게 우리는 그저 털북숭이 장난감일 뿐이다. 존중받기를 원하는 것이 아니다. 그냥 내버려 두기만 하면 되는데, 인간들은 그걸 못해서 안달이다. 먼저 죽이려 득달같이 달려와 놓고서는 물리면 물었다고 팬다. 우리도 하나의 생명이므로 본능이 있고 감정을 느낄 수 있다. 다시 한번 강조하지만, 나는 더럽고 추악한 인간이 싫다.

우리는 따뜻한 걸 좋아한다. 적당히 달구어진 아스팔트에 앞발을 모으고 엎드려 졸고 있었다. 부드럽게 쓰다듬는 손길에 눈을 감고 여유를 즐겼다.

"헤이야, 얘 식빵 구울 줄 모르나 봐. 앞발을 제대로 안 넣고 있네."

"그런가? 꼬리나 한 번 만져 보고 싶다."

눈을 뜨니 인간이 더러운 손으로 내 깨끗한 털을 쓰다듬고 있었다. 아주 끔찍했지만 쓰다듬어지는 기분이 나쁘지 않았던 탓에 가만히 있기로 했다. 게다가 그들은 약하고 멍청해 보였기에 날 해치려 할 때 물면 그만이라고 생각했다.

"근데 매일 오던 모찌, 오늘은 왜 없지?"

"아, 하얀색 개?"

그들의 대화를 대충 엿듣고 나서 나는 알 수 있었다. 그들이 말하는 '모찌'는 바로 루아라는 것을. 루아가 사라진 이유는 인간들 때문인데, 인간들이 루아를 찾고 있다. 그들은 루아가 밥을 먹었을지, 다친 것은 아닐지 걱정하고 있었다. 고양이를 좋아하는 인간들이 있다는 걸 소문으로만 들었지 실제로 본 것은 처음이라 얼떨떨하기만 했다. 사실 이런 인간들 때문에 루아가 죽은 것이기도 하다. 루아에게 인간에 대한 신뢰를 심어 주었으니까. 그 잘못된 신념으로 인해 루아는 인간이 준 참치캔을 한 치의 의심도 없이 먹어치웠다. 쥐약이 섞인 것인지도 모르고. 그리고 지금, 나를 쓰다듬던 그들이 나에게 간식을 내밀었다. 간식 냄새가 나를 유혹했지만 뒹굴던 참치캔과 빨간 루아가 자꾸만 떠올라 손등을 할퀴고 도망쳤다. 그리고 이곳을 떠나리라 결심했다.

***

첫 번째 알람에는 짜증을 냈고, 두 번째 알람은 가볍게 무시했다. 세 번째 알람이 울릴 때는 후회했다. 시계가 고장난 것이라고 믿기에는 혜원으로부터 부재중 전화가 열두 통이나 쌓여 있었다. 조급한 탓에 셔츠 단추를 잠그는 손이 자꾸만 어긋났다. 겉옷을 대충 걸치고 머리끈과 가방을 챙겨 뛰어나왔다. 그 다음은 당연하게도 집 앞에서 나를 기다리던 혜원에게 세 대 맞는 것일 거라는 내 예상과는 달리 혜원은 아무 말 없이 내 손목을 붙잡았다. 맞지 않아서 다행이라고 생각하던 찰나, 내 손목을 쥔 혜원의 손에 힘이 들어가더니 곧이어 무작정 뛰기 시작했다. 혜원의 무자비한 힘에 의해 우리는 순식간에 등교하는 학생들 사이에 껴서 걸을 수 있었다. 숨을 고르느라 바쁜 와중에 혜원으로부터 주먹 하나가 날아와 내 등을 맞혔다. 사실 등을 맞혔다기보다는 '등을 휘갈겼다'가 올바른 표현인 것 같지만. 맞지 않아 다행이라고 생각했던 과거의 내가 무안해질 만큼 얼얼했다.

"넌 나 없었으면 이미 담임 손에 죽었어. 고마워하고 있긴 해?"

교문을 지나치면서도 나는 끝내 고맙다는 인사를 하지 않았다. 고마워야 할 상황임은 확실하게 인지하고 있었지만, 남에게 감정을 드러내는 것이 서툰 내게 고마움을 표시하는 건 너무나도 어려운 일이기에. 앞장서서 걸어가는 혜원의 가방에는 고양이 모양의 키링 두 개가 달랑이고 있었다. 혜원은 고양이를 무지 사랑한다. 매일 인터넷에서 고양이의 영상을 저장하고, 나와 대화할 때마다 고양이 이모티콘만을 사용한다. 그리고 항상 고양이의 밥과 간식거리를 가지고 다니며 하교할 때마다 학교 앞의 고양이들을 챙겨 준다. 물론 나는 멀찍이 떨어져서 그 광경을 신기한 눈으로 바라볼 뿐이었다. 동물을 그닥 좋아하지 않는 나로서는 이해할 수 없는 행동들이었지만, 이미 익숙해져 버린 이제는 혜원이 없을 때도 괜히 고양이를 떠올리곤 한다.

한 시 이십 분, 식곤증을 빌미로 엎드려 있기에 딱 좋은 시간이다. 내리쬐는 햇볕을 그대로 받으며 창문 밖을 바라보고 있으면 마음이 편안해진다. 빨간불에 뛰는 사람들, 말을 듣지 않는 아이를 때리는 사람들, 바닥에 쓰레기를 버리는 사람들을 몰래 저주하는 것도 꽤 재미있는 일이다. 가끔은 고양이의 울음소리가 들릴 때도 있는데, 대부분 싸우는 듯

한 앙칼진 소리였다.

"윤해이, 창문에 꿀이라도 발렸나 보지."

하이톤의 목소리가 고막을 푹, 찌르는 듯했다. 그녀의 한마디에 모두
의 시선이 일제히 나를 향했다.

"뒤로 나가라는 뜻이다."

"네, 죄송해요."

밀려오는 부끄러움에 붉어진 얼굴을 푹 숙였다.

금요일의 하굣길은 항상 발걸음이 가볍다. 집에 도착하면 할 일들을
미리 계획하던 중 혜원의 발걸음이 멈추었다. 우리의 발 앞에는 곤히 잠
을 자고 있는 검은 고양이가 있었다. 혜원은 너무 귀엽다며 어쩔 줄을
몰라 하더니 고양이를 무작정 쓰다듬기 시작했다. 고양이는 얌전히 누
워서 골골, 기분 좋은 소리를 냈다. 얼마 지나지 않아 잠에서 깬 고양이
는 낯선 손길에 당황스러움이 가득 담긴 눈을 하면서도 혜원의 손길을
피하지 않았다. 혜원은 고양이가 식빵을 구울 줄 모르는 것 같다고 했
다. 고양이가 앞발을 숨기고 엎드려 있는 자세를 보고 '식빵 굽는다'고
한다. 고양이 박사인 혜원으로부터 얻은 지식이다. 머리부터 등, 엉덩이
까지 부드럽게 쓸어 주는 혜원의 손짓은 매우 노련했다.

"근데 매일 오던 모찌, 오늘은 왜 없지?"

"아, 하얀색 개?"

생각해 보니 그랬다. 하교할 때면 꼬리를 바짝 세운 모찌가 항상 우리
를 반겼었는데, 오늘은 모찌를 보지 못했다. 혜원은 초조한 얼굴로 모찌
가 밥은 먹었을지, 다치지는 않았을지 걱정하고는 이 고양이도 굶었을
거 아니냐며 가방에서 간식을 꺼냈다.

"이거 모찌 몫이거든. 소중하게 생각하고 너라도 많이 먹어라."

검은 고양이는 간식 냄새에 코를 씰룩이며 몸을 일으켰다. 그리고 고
민하는 것처럼 고개를 이리저리 기울이더니 갑자기 생각이 바뀌었는지

혜원의 손등을 할퀴고는 잽싸게 도망가 버렸다. 엉덩방아를 찧은 혜원은 손등의 고통보다 설움과 놀람이 더 컸는지 숨을 가쁘게 헐떡였다. 나는 그런 혜원을 진정시키고는 침착하게 물통을 꺼내 피가 맺힌 손등을 흐르는 물로 씻겨 주었다.

그날 이후 내가 검은 고양이를 다시 마주하게 된 건 정확히 이틀 뒤, 혜원이 가족 여행으로 학교에 오지 않았던 날 하굣길에서였다. 살려 달라는 듯 억지로 짜내는 울음소리에 집으로 향하던 발길을 울음소리가 나는 쪽으로 돌릴 수밖에 없었다. 발길을 돌려 향한 곳에서는 검은 고양이가 쓰러진 삼색 고양이의 곁을 지키며 울고 있었다. 굶주렸을 고양이들을 그대로 두면 아사할 것 같았기에 근처 편의점으로 뛰어가 사료인지 간식인지도 모른 채 손에 잡히는 대로 사 왔다. 고양이들이 할퀼지도 모른다는 생각에 먹을 것들을 앞에 두고 멀리 물러나 지켜봤다. 불행하게도 고양이들은 아무것도 먹으려 하지 않았고 우렁찬 울음소리만 더 커졌다.

"야, 검은 고양이 네로. 그만 울고 삼색이랑 같이 좀 먹지?"

고양이 따위가 인간 말을 알아들을 리가 없다는 걸 알면서도 답답함에 한탄하듯 한 마디 내뱉었다. 네로의 울음소리가 꼭 도와 달라고 외치는 것만 같아 조심스럽게 가까이 다가갔다. 가까이서 본 삼색이는 굶주린 것 치고 배가 꽤나 불룩했다. 터질 만큼 불룩하게 나온 배를 계속 핥는 삼색이를 조용히 지켜봤다. 자세히 보니 배가 미세하게 꿈틀거리고 있었다. 작년 겨울, 엄마가 내 손을 잡아 엄마의 배 위에 올렸을 때 손바닥에서 무언가가 움찔하는 것이 느껴졌다. 그게 나와 내 동생의 첫 만남이었다. 새로운 생명이 탄생한다는 것은 엄청난 축복이며 행복이라는 걸 배웠기에 네로와 삼색이를 도와야겠다고 결심했다. 고양이에 대해 아는 것은 없지만 혜원에게서 얼핏 들었던 내용을 떠올리며 굴러다니던 작은 박스를 주워왔고, 박스 바닥에는 깨끗한 수건 대신에 내 겉옷을 깔았다. 삼색이는 기다렸다는 듯 박스에 들어가 몸을 뉘었다. 네로는 박스 안으로 고개를 내밀어 삼색이가 편하게 쉬는 것을 확인하고는 내게로 다가와 다리에 얼굴을 부볐다. 고양이에 대해 아는 건 없지만 그게 고마움을 표시하는 것이라는 건 분명하게 알 수 있었다.

***

인간 소굴로부터 벗어나겠다고 결심은 했지만 난관은 미주를 설득하는 것이었다. 하지만 미주로부터 돌아오는 답은 모든 인간이 고양이를 해칠 거라는 멍청한 생각을 버리라는 것이었다. 멍청하다는 말에 괜히 자존심이 상해 더 큰소리로 따지듯 말했다.

"정신 차려, 미주. 루아도 인간 때문에 죽은 거야. 언제까지 여기에 붙어 있을 작정이야?"

"여길 떠나자는 거야?"

"살기 싫으면 넌 남아."

생존이 달린 문제 앞에서는 냉정해질 수밖에 없었다. 표정이 일그러진 미주는 밀려오는 분노 때문인지 숨을 거칠게 내쉬더니 이내 힘없이 쓰러지고 말았다. 나는 미주와 다투던 것도 잊고 한달음에 달려가 침착하게 미주의 목덜미를 물어 구석진 곳에 내려놓았다.

얼마 지나지 않아 미주는 눈을 떴지만 아픈 곳이 있냐고 물으면 답하지 않았다. 먹을 것들을 구해와도 속이 좋지 않다며 먹지 않았는데, 아이러니하게도 먹는 양에 비해서 미주의 살은 눈에 띄게 점점 불어났다. 내가 책임져야 할 것이 늘어났다는 걸 깨닫게 된 건 엉덩이를 치켜들고 미친 듯이 바닥을 긁어 대는 미주를 보았을 때였다. 미주는 갈수록 쇠약해졌고 앓는 날이 늘어나기 시작했다. 도움이 필요했다. 누구 하나라도 들어 줬으면 하는 마음으로 있는 힘껏 울었다. 목이 찢어질 것처럼 아파올 때쯤, 정말 기적처럼 누군가가 우리를 발견했다. 우리를 발견한 인간은 메고 있던 가방을 내려놓더니 어딘가로 급하게 뛰어갔다. 몇 분 후

다시 돌아온 인간의 양손에는 무언가로 꽉 찬 검은 봉지가 있었다. 인간은 봉투에서 온갖 음식들을 꺼내 뚜껑을 열어 내 앞에 두고는 물러서서 미주와 나를 번갈아가며 쳐다보더니 우리에게 음식을 좀 먹으라고 재촉했다. 내가 원하는 건 이게 아니라는 걸 알려 주기 위해 음식에는 눈길도 주지 않고 계속해서 울어댔다. 그제서야 인간은 뭔가를 알아들었는지 쭈뼛쭈뼛 다가와서 목을 길게 빼고 미주를 살피기 시작했다. 그때 미주 뱃속이 꾸물거렸다. 마치 인간에게 자신의 존재를 알아 달라고 외치는 것만 같았다. 인간은 잠시 고민하다가 작은 박스를 주워와 자신의 겉옷을 깔고 미주 쪽으로 밀었다. 며칠 내내 누워만 있던 미주가 천천히 일어나 박스 안에 자리 잡았다. 미주에게는 몸과 마음이 편히 쉴 수 있는 보금자리가 필요했던 것이었다. 미주의 말이 맞았다. 모든 인간이 고양이를 해치지 않는다는 것. 내가 멍청했다. 미안함과 고마움이 전해지길 바라는 마음으로 인간의 다리에 얼굴을 부볐다. 인간은 나를 이해한다는 것처럼 조심스럽게 내 등을 쓰다듬어 주었다.

인간이 돌아가고 그날 밤, 미주는 심한 진통으로 잠에 들지 못했다. 고통스러운 신음을 내뱉는 미주의 곁을 밤새 지키는 것이 내 최선이었다. 미주는 서늘한 새벽 공기에 의존해 무사히 두 아이를 출산했고, 날카로운 이빨로 질긴 고기를 씹듯이 탯줄을 끊어내고 난 뒤 잠에 들었다. 작은 핏덩어리들이 꿈틀대는 것을 보니 뒤늦게 감격스러움이 밀려들었다. 미주가 깨지 않도록 발끝을 세워 조심스럽게 박스에 들어왔다. 아직 눈도 뜨지 못한 아이들을 혀로 살살 핥아 주었다. 분명 비린 맛이 나야 할 피도 지금 이 순간만큼은 무척 달콤했다. 문득 인간에게도 희소식을 얼른 알려야겠다는 생각이 들었다. 무의식 속에서 인간을 완전히 받아들인 나를 이젠 부정하지 않기로 했다. 떠나지 않을 것이다. 인간이 우릴 찾아올 거니까, 기다려야 한다.

나도 모르는 새에 깜빡 잠이 들었다. 눈을 뜨자마자 보인 것은 흰 손수건을 덮은 아이들이었다. 손수건에서 왠지 익숙한 냄새가 나는 것 같았다. 혹시나 하는 마음에 재빨리 박스 밖으로 튀어나와 주위를 둘러보았다.

"네로."

바로 뒤쪽에서 나는 소리였다. 뒤를 돌아보니 어제 봤던 그 인간이 쪼그려 앉아 있었다. 마치 내 간절한 기다림을 들은 것처럼 우리를 찾아온 것이다. 나는 기쁨과 안도감을 감추지 못하고 인간의 품속으로 뛰어 들어갔다. 인간의 손은 당황한 듯 허공을 맴돌고 있었지만 얼굴은 분명 행복한 표정을 띠고 있었다.

"아빠 된 거 축하해. 아기들 잘 챙겨야 돼. 삼색이 깨면, 아기들 이름부터 지어 줘."

누군가에게서 축하를 받은 적은 처음이었기에 낯설었지만 꽤 듣기 좋았다. 인간이 말하는 삼색이가 미주라는 걸 바로 알아챘다. 인간은 이름의 중요성을 알려 주면서 본인을 '윤해이'라고 소개했다. 해마다 소망을 이루라는 뜻으로 큰아버지께서 지어 주신 이름인데, 큰아버지는 너무 어릴 때 돌아가셔서 얼굴을 본 기억도 없다고 덤덤하게 말했다. 윤해이. 불러 주고 싶은 이름이라고 생각했다. 아이들에게는 이름이 불릴 때마다 행복할 수 있도록 뜻깊은 이름을 선물해 주고 싶었다. 하지만 미주는 해이가 자리를 비우고 한참이 지나도 눈을 뜨지 않았다. 다시는 깨어나지 못할 만큼 깊은 잠에 빠진 것 같았다. 미주는 아이들에게 자신의 남은 숨마저도 모두 주고 떠났다.

"오랫동안 깨어 있느라 고생했어. 걱정 없이 푹 자."

다음 날도 어김없이 우릴 찾아 온 해이는 자신을 반기지도 않고 잠만 자는 미주를 아무 말 없이 안아 들어 온기를 나눠 주었다. 해이는 툭 치면 울 것 같은 표정을 하면서도 혹여나 아이들에게 우울이 옮겨갈까 봐 두렵다며 끝내 눈물을 흘리지 않았다.

***

혜원이 일주일간의 가족 여행을 끝마친 후 돌아와 오랜만에 함께하는 하굣길이었다. 혜원에게 모든 상황을 설명하기 위해 혜원이 없는 동안 네로를 만났던 학교 옆 주차장으로 혜원을 데려왔다. 낯선 사람의 등장에 긴장한 네로는 꼬리를 부풀린 채 내 주변만을 맴돌았다. 등을 쓰다듬으며 괜찮다고 속삭여 주니 네로는 그제야 경계가 풀린 듯 꼬리를 내리고 얌전히 앉았다. 이 광경을 지켜보던 혜원의 얼굴이 눈에 띄게 일그러졌다.

"야, 너 고양이한테 관심 없는 거 아니었어?"

예상치 못한 혜원의 싸늘한 반응에 적절한 대답을 찾지 못하고 무고한 아랫입술을 씹어대기만 했다. 뇌가 고장 난 것처럼 아무런 말도 하지 못하고 굳어 있었다.

"하필 내가 없는 동안에 그랬다는 건 나를 따라 하고 싶었다는 거잖아. 그냥 내가 부러웠다고 바른 대로 말해."

"그런 생각은 해본 적도 없어. 널 따라 하려던 게 아니라 그냥 다 우연이었을 뿐이야."

사람은 화가 나면 듣고 싶은 것만 듣게 된다. 혜원 역시 내 변명을 귓등으로도 듣지 않는 것 같았다. 나는 뒤돌아 가려는 혜원의 손목을 다급하게 붙잡고 함께 주차장 구석으로 향했다. 혜원은 강압적인 내 행동에 놀라 손을 뿌리치지 않고 순순히 따라왔다. 나는 혜원에게 바닥에 있는 작은 박스를 가리키며 눈짓했다. 의심 가득했던 혜원의 두 눈이 박스 안을 확인하고 나서는 휘둥그레졌다. 박스에 가까이 다가가 아기 고양이들이 자는 모습을 숨죽이고 지켜보는 혜원의 옆에 슬쩍 앉아 함께 아기 고양이를 구경했다. 서로 오고 가는 말은 없었지만 고양이를 사랑하는 두 마음이 공유되고 있음은 확실히 알 수 있었다.

"안혜원, 다 네 덕분이다."

혜원은 내 말에 이해를 하지 못했다는 의미로 양쪽 어깨를 으쓱였다.

"전부 다 네가 알려 준 거잖아. 어미가 임신했을 때는 박스에 옮겨 줘야 한다는 거, 깨끗한 수건을 깔아 줘야 한다는 거. 네가 고양이들을 살린 거야."

"박스 바닥에 깔린 건 수건이 아니라 네가 아끼던 옷이잖아."

나는 말없이 고개를 끄덕였다. 혜원의 큰 눈에 위태롭게 매달려 있는 물방울이 떨어지기 전에 혜원을 얼른 끌어안았다. 어깨가 조금씩 젖어드는 것이 느껴졌다. 나는 눈물을 닦아 주는 대신에 네로를 처음 만났을 때 혜원의 부드러웠던 그 손길을 떠올리면서 머리부터 등까지 천천히 쓰다듬어 주었다. 네로는 긴장이 풀렸는지 조심스레 다가와 혜원의 손등에 난 상처를 핥기 시작했다. 자신이 남긴 흉터라는 걸 아는지 모르는지 옅은 부분까지 섬세하게 핥아 주었다. 혜원은 그 상처가 영광의 흔적이라며 오히려 좋아했지만.

***

윤주아, 윤미루. 긴 고심 끝에 결정했다. 아이들이 건강하게 태어날 수 있도록 해준 해이의 성씨 '윤', 아이들의 엄마 '미주', 보고 싶은 '루아'. 세 이름을 적절하게 섞어서 탄생한 이름이다. 세 사람 모두 내가 사랑하는 이들이라는 공통점을 가지고 있다. 주아와 미루에게도 사랑을 선물할 것이다. 내가 그들에게 준 만큼, 어쩌면 훨씬 더 많이. 해이가 두 아이들이 모두 엄마를 닮았으면 좋겠다고 가볍게 농담한 적이 있었는데, 지금의 나는 정말로 주아와 미루가 미주를 닮기를 바라고 있다. 미주처럼 두려울 것 없이 뭐든 부딪혀 봤으면 해서. 그리고 세상은 마음먹는 대로 보인다는 걸 꼭 가르쳐 줘야겠다고 다짐했다. 삐뚤게 살면 모든 게 다 더러워 보이지만, 반듯하게 살면 모든 게 다 정직하고 순결해 보인다고.

물
고
기

문윤정

불 꺼진 사무실에 바쁘게 타자를 치는 소리와 홀짝대며 커피를 마시는 소리가 들려왔다. 그 소리의 주인은 모니터 화면을 굽은 목으로 바라보는, 외관상 족히 삼 일은 씻지 않아 보이는 한 남자였다. 얼굴의 기름기 때문에 흘러내리는 뿔테 안경을 올리는 것을 반복하며 손을 놀리던 남자는 휴대폰이 울리자 인상을 찌푸리며 힐끔 화면을 바라보았다. 그의 휴대폰 화면에는 '우리 딸♥'이라는 세 단어가 찍혀 있었다.

"어이쿠."

전화 온 상대가 자신의 딸임을 알아챈 그는 언제 인상을 찌푸렸냐는 듯 싱글벙글 웃으며 전화를 받았다.

"응 딸~ 무슨 일이야?"

"아빠 언제 와? 나랑 엄마랑 유영이랑 다 기다리고 있어."

휴대폰 너머에는 고등학생쯤으로 추정되는 여학생의 목소리가 들려왔다. 그 말을 들은 남자가 급히 회사 벽에 걸려 있는 시계를 바라보자 시곗바늘은 11시 30분을 가리키고 있었다. 그의 딸과 약속한 시간보다 한 시간 더 늦은 시간이었다.

"어어 다영아. 아빠 이거 하나만 끝내고 들어갈게."

"진짜지? 저번처럼 또 늦으면 안 돼. 아빠 생일이 이렇게 지나가는 건 싫단 말야. 12시 이전에는 꼭 들어와야 해."

"알겠어, 우리 딸~ 지금 들어갈게."

그의 딸의 웃음과 대답이 휴대폰 너머에 들리고 통화가 끊겼다. 통화를 하고 난 후 남자는 지금 들어가야 하나 아니면 조금 더 쓴 후 들어가야 하나 고민에 빠졌다. 말로는 지금 들어간다고 했지만 만일 지금 집에 들어간다면 도무지 기사를 쓸 시간이 나지 않았기 때문이다.

"여보게 한 씨, 이 기사만 제대로 쓴다면 승진은 프리패스일걸세. 더러운 일이긴 하지만 자네 집사람과 딸들을 생각해야지."

상사의 말이 그의 머릿속을 헤집었다. 이곳에 입사한 순간부터 그토록 바라고 갈망해왔던 승진 기회가 바로 눈앞에 있는데 그 기회를 바보같이 차버릴 수는 없었다. 한 씨는 여전히 고민하며 자신의 앞에서 번쩍거리는 모니터를 뚫어지게 바라보았다. 모 아이돌의 멤버가 연애를, 그것도 유부남과 한다는 자극적인 제목의 기사가 어서 자신을 완성시켜 달라며 그를 유혹하는 듯했다. 그는 고민에 빠진 한숨을 길게 내뱉고 다시 시간을 확인했다. 11시 45분, 더도 말고 덜도 말고 딱 15분만 쓰고 집에 가자고 스스로와 약속을 하며 한 씨는 다시 손을 키보드 위에 올리고 한자 한자 써내려가기 시작했다.

한 씨가 집에 들어온 시간은 새벽 1시 13분이었다. 그저 승진을 위한 글쓰기에 한 눈이 팔려 딱 15분만 기사를 쓰고 가겠다는 스스로와의 약속은 물론 딸과의 약속도 잊어버리고 만 것이다. 그가 들어오자 식탁엔 차갑게 식어버린 밥과 평소 자신이 좋아하는 반찬, 그리고 그 옆에는 포장을 뜯지도 않은 케이크 상자가 놓여져 있었다.

"여보, 애들은?"

한 씨가 소파에 앉아 있던 자신의 아내에게 물었다. 그의 아내는 한숨을 푹 쉬며 당신 기다리다가 자러 들어갔어. 라고 짧게 대답했다. 그제서야 딸과의 약속이 기억난 한 씨는 인상을 찌푸리며 후회와 자책이 섞인 한숨을 내쉬었다.

"아빠랑 같이 먹는다고 케이크도 안 먹었어, 얘들. 나는 여보 큰일난 건지 걱정돼서 잠도 못 잤고."

한 씨는 그 말을 듣고 미안함에 차마 아내와 눈을 마주치지 못했다. 아내는 그런 한 씨의 모습을 바라보다 그의 곁으로 다가가 안아주며 말했다.

"여보가 우리 가족을 위해서 고생하는 건 알아. 그런데 이렇게까지 고생은 안 했으면 좋겠어. 당신 생일도 못 챙기고 이게 뭐야."

아내의 목소리에는 진심 어린 걱정이 묻어 있었다. 한 씨는 시큰해진 자신의 코를 옷소매로 닦곤 자신의 아내와 똑같이 그녀를 안아주며 말했다.

"미안해."

"사과는 나보다 내일 얘들한테 해줘. 피곤할 텐데 얼른 씻고 자."

한 씨의 아내는 이 말을 끝으로 그에게 미소지은 후 발걸음을 옮겨 안방으로 들어갔다. 거실에 혼자 남은 한 씨는 마음이 착잡해졌다. 자신과의 약속은커녕 딸과의 약속도 못 지킨 주제 승진까지 못한다면 일과 가족 둘 다 놓친 자신 스스로가 너무 싫어질 것만 같았다. 이 모든 걸 만회할 기회는 승진밖에 없었다. 뒤늦은 생일 선물을 승진으로 받을 수 있다면 그 누구도 부럽지 않으리라고 생각한 한 씨는, 욕실로 들어가며 마음속에서 평소 믿지도 않던 이름 모를 신들에게까지 승진만 한다면 무엇이든지 하겠다고 빌었다.

며칠 뒤 늦은 오후 시간, 주말을 틈타 선거 차량들이 한창 이곳저곳을 돌아다니며 바삐 움직였다. 차량들이 창문 너머에서 기호 1번, 2번이나 선거 공략을 시끄럽게 외쳐대며 단잠을 깨운 탓에 한 씨는 억지로라도 일어날 수밖에 없었다. 목 부분이 다 늘어진 런닝과 반바지 하나만 입은 채로 크게 하품을 하며 어기적거리며 주방으로 가던 그는 TV에서 흘러나오는 선거와 관련된 뉴스를 뒤로하고 생수를 병째로 들이마셨다.

"다영아, 엄마랑 아영이는?"

한 씨가 거실 소파에 앉아 휴대폰을 들여다보고 있는 자신의 딸 다영에게 물었지만, 어젯밤 약속을 안 지킨 탓에 단단히 화가 난 다영은 대꾸도 하지 않았다. 그 모습에 한 씨는 너털웃음을 지으며 그녀의 옆에 앉아 화를 풀어주기 위해 다정하게 말을 걸었다.

"우리 딸, 화 많이 났어?"

하지만 다영은 인상을 잔뜩 찌푸린 채 불만 있는 얼굴로 자신의 아빠를 쳐다보고는 다시 고개를 돌려 휴대폰 화면에 시선을 고정했다. 한 씨가 웃으며 다영에게 다시 말을 하려고 했을 때 그녀의 휴대폰에 적힌 기사 제목이 그의 이목을 사로잡았다.

'걸그룹 류채영, 연애 의혹…… 상대는 '일반인 유부남.'

그의 간절한 마음에 신들이 응해 준 건지 며칠 전에 그가 적었던 기사가 인터넷 포털 사이트 메인에 걸려 있었다. 일순간 그의 심장이 그 어느 때보다도 빠르게 뛰기 시작하며 머릿속에 단 하나의 단어가 계속 맴돌았다. 승진이다. 한 씨는 믿지 못하며 다영의 휴대폰을 낚아채 기사를 다시 한번 눈으로 훑었다.

"아 아빠!!!!"

다영이 소리쳤음에도 불구하고 지금 그의 귀에는 아무것도 들리지 않았다. 뉴스 맨 위에 있는 사람들의 반응과 댓글 숫자가 그의 눈앞에 어지럽게 날아다녔다.

"다영아."

"아, 왜 진짜! 갑자기 휴대폰이나 빼앗고!"

"아빠 승진이다."

한 씨의 예상은 정확히 맞아떨어졌다. 그의 기사는 일파만파 퍼져나갔고 예상했던 것보다 더 언론의 반응이 뜨거워져 몇 주 뒤, 그는 드디어 고대하고 고대하던 승진을 하게 되었다. 가정에서는 물론 직장 동료들까지 그를 축하해 주었고 기쁨에 취한 한 씨는 일을 끝낸 후 오늘은 자신이 쏜다는 명분으로 회사 사람들과 다 함께 횟집으로 발걸음을 옮겼다.

커다란 횟집에 사람 수십 명이 들어서자 금새 시끌벅적한 소리들로 가득 찼다. 오늘 회식의 주인공이었던 한 씨는 테이블 한가운데에 앉아 얼굴이 새빨개질 때까지 술을 마셔대며 승진의 기쁨을 맘껏 즐기고 있었다. 왁자지껄한 분위기가 계속 유지되던 도중, 한 씨와 마주 보는 횟집의 TV 속에서 속보 하나가 흘러나왔다. 넥타이를 머리에 묶고 딸꾹질을 하던 한 씨는 아나운서의 말을 통해 속보를 듣자마자, 온몸의 피가 얼어붙는 듯한 느낌을 받았다.

"류채영 양이 악플과 찌라시를 견디지 못하고 극단적인 선택을."

그가 만들어낸 찌라시의 대상이었던 류채영이 죽었다. 그것도 자살로. 그 소식에 한 씨가 TV 속의 뉴스에서 눈을 못 떼고 있자 그의 옆에 앉은 직장 동료, 규석이 그에게 넌지시 괜찮냐고 물었지만 한 씨에게는 그 말이 닿지 않았다. 자신이 쓴, 거짓과 찌라시로 범벅 된 기사 때문에 누군가가 죽었다는 사실이 그에게 끝이 보이지 않는 죄책감을 안겨주었고, 한 씨는 그 죄책감에 숨이 멎는 듯했다. 그의 안색이 점점 어두워지고 손이 미친 듯이 떨리자 보다 못한 규석이 그의 손을 끌고 횟집 밖으로 나갔다.

"받아."

규석이 담배 하나를 한 씨에게 건네주었지만, 그는 마치 눈앞에서 자식을 잃은 부모같이 넋이 나간 채 앞만 바라보았다. 그 모습에 규석은 혀를 한번 쯧 차곤 한 씨에게 건네준 담배를 자신의 입에 문 후 불을 붙였다.

"어차피 너랑 관련 없는 사람이잖아. 연예인들이 자살하는 것도 한두 번도 아니고."

가슴이 나올 만큼 크게 담배를 들이마신 후 숨을 뱉은 그가 말했다. 어느새 물고기가 들어 있는 수조만 바라보던 한 씨가 그곳에서 눈을 떼지 못한 채 천천히 입을 열었다.

"저기 수조 속 물고기들, 꼭 연예인들의 삶 같아. 자신이 나고 자란 환경과 전혀 다른 처음 보는 세상에 나왔지만 결국 누군가에 의해 목이 썰린다는 게."

그 말에 규석도 말문이 막힌 건지 차마 그 어떤 말도 하지 못한 채 한숨만 내쉬었다. 그 대화 이후, 규석과 한 씨 그 둘의 사이에는 어떤 말도 오가지 않았다. 규석은 계속해서 담배를 피워댔고 한 씨는 여전히 수조만을 바라보고 있었다.

"이게 우리가 살아가는 방식인데, 별 수 있나."

그 둘 사이에 흐르는 침묵을 규석이 먼저 깨트렸다.

"기자가 사람을 구한다는 건 이제 옛 말이야. 그런 기사들을 못 뽑으면 내가, 우리 가족이 굶는데 누가 정의구현이랍시고 청렴결백한 기사를 쓰겠어."

그의 말 중에 틀린 것은 하나도 없었다. 어느 순간부터 기자라는 직업은 정치인들의 부정부패나 비리를 밝히거나 세상의 부조리함을 고발하는 사람이 아닌, 오히려 그들과 짜고치며 세상의 부조리함을 만들어내는 직업이 되었다.

"그러니까 너무 그러지 마, 응? 전국 기자들도 한 번쯤은 찌라시 써서 내보내는, 그런 경험이 있었을 거야. 너는 운이 나빠 일이 커진 케이스고."

틀린 말은 아니었지만 이상했다. 고칠 생각은 하지 않고 그것에 순응하며 사는 게 과연 잘 사는 것일까? 그저 자신의 이익을 위해 다른 사람의 목숨을 짓밟아도 되는 것일까? 고민하면 고민할수록 점점 더 미궁에 빠지는 사건처럼, 그의 머릿속만 복잡해져 갔다.

도어락 비밀번호가 틀렸다는 소리가 몇 번 틀리고 4번째로 비밀번호를 칠 때 즈음 경쾌한 소리가 나며 문이 열렸다. 문이 열리자마자 사람보다 코를 찌르는 듯한 술 냄새가 먼저 현관을 통해 들어오기 시작했다. 현관의 붉은 등 때문에 더 시뻘겋게 보이는, 미처 닦지 못한 눈물 자국이 얼굴 그대로 남아 있는 한 씨가 말뜻을 알아들을 수 없는 구슬픈 노랫가락을 부르며 중문을 열었다. 중문을 연 후 한쪽 끈이 풀어진 구두를 벗은 채 비틀비틀 불 꺼진 거실로 가 털썩 소리를 내며 소파에 앉은 그는 입에서 긴 한숨을 뽑아냈다. 그가 잠시 주머니를 뒤지는가 싶더니 이내 휴대폰을 꺼내 인터넷 포털 사이트에 자신이 쓴, 차마 기사라고도 하지 못하는 찌라시의 댓글을 읽어보았다. 기사에 작성된 댓글은 그의 생각보다 더 가관이었다. 차마 입에도 담지 못하는 망언을 이름도, 얼굴도 모르는 사람들 수백 명이 마치 물속에 빠진 먹이를 물어뜯는 피라냐 같이 류채영 그 한 사람에게 쏟아부었다. 죄책감에 한창 댓글들을 곱씹어보던 한 씨는 곧 눈에서 굵은 눈물방울들을 떨어트리다 이내 아이처럼 목놓아 울기 시작했다.

"아빠?"

울음소리에 잠이 깼는지 어느덧 자신의 방에서 거실로 나와 불을 켠 후 한 씨의 모습을 보고 있던 다영이 조심스레 그를 불렀다. 한 씨는 다영을 보자마자 그녀에게로 다가가 그녀를 안은 채로 어깨를 들썩이며 울었다. 다영은 처음엔 놀란 티를 냈지만 이내 자신의 품에서 울고 있는 그의 등을 조용히 토닥거려주었다. 어느 정도 진정이 될 때 즈음, 한 씨가 후회와 슬픔이 뒤섞여 녹아든 목소리로 말했다.

"다영아, 오늘 아빠가 사람을 죽였어. 펜으로. 기자는 펜으로 사람을 살리는 직업인데. 그 펜이 얼마나 날카로운 무기인지 누구보다 잘 알고 있는 사람인데 아빠는 그 펜 끝을 남에게 겨눠버렸어. 오로지 이익만을 보고."

그리고는 품 속에 통장 하나를 꺼내 그녀에게 보여주었다. 통장에는 저번 달보다 더 큰 액수의 숫자가 찍혀져 있었다. 다영이 통장을 들어 액수를 확인하자 한 씨가 입을 뗐다.

"이거 아빠가 사람을 죽여서 받은 돈이야. 사람 목숨과 맞바꿔 친 돈. 이깟 돈이 뭐라고. 종이 다발이 뭐가 그리 중요하다고."

그 말이 끝나고 또다시 흐느끼는 소리가 거실에 울려 퍼졌다. 다영은 여태껏 자신을 지켜주던 아빠의 약한 모습을 보자 어떤 말을 건네야 할지 몰라 그저 그 모습을 지켜보다 잠시 크게 심호흡을 하고 한 씨에게 물었다.

"있지 아빠. 그 글을 통해 사람을 죽인 게 후회돼?"

갑작스런 다영의 질문에 그는 울음을 멈추고 고개를 천천히 끄덕였다.

"그러면 앞으로 그 사람이 죽은 목숨 값 만큼 평생 속죄하고 그 사람과 같은 어려움을 겪는 사람들을 도와주면서 살아. 아빠 스스로가 나중에 죽어서 후회하지 않을 만큼."

한 씨는 그저 철부지인 줄만 알았던 자신의 딸이 그런 말을 했다는 것에 새삼 뿌듯함과 놀라움을 느끼고 잠시 그녀를 바라보다가 이내 얼굴에 미소를 띄우며 응, 이라고 대답했다. 다영의 말이 맞았다. 그가 쓴 글을 지운다고 죽은 그 사람이 돌아오는 일도, 이미 마음속에 깊은 상처를 받은 유족들의 상처가 낫는 일도 없었다. 그저 평생 그 일을 잊지 않고 속죄하며 그 사람의 목숨이 헛되지 않게 비슷한 어려움을 겪는 사람들에게 도움을 주는 것. 오직 그것만이 큰 죄를 진 한 씨가 할 수 있는 일이었다. 며칠 뒤, 한 씨는 언론사에 사표를 냈다. 많은 동료들과 상사들이 이제 겨우 승진했는데 왜 떠나냐며 그를 막아섰지만 더 이상 한 씨는 사람 목숨을 갖고 저울질을 하는 글을 쓰고 싶지 않았기에 가지 말라는 주변 이들의 만류를 뿌리치고 언론사를 나갔다. 언론사를 나온 후 그가 간 곳은 자신이 쓴 글 때문에 목숨을 잃은 류채영이 잠들어 있는 추모공원이었다. 주변 지인들을 통해 수소문을 한 끝에 찾아간 그녀의 묘 앞에는 앳된 얼굴을 한 채 활짝 웃고 있는 그녀의 모습이 담긴 사진과 류채영 세 글자가 적힌 묘비가 있었다. 한 씨는 미리 사 온 흰 국화 한 송이를 사진 옆에 조심히 놓고 절을 두 번 한 후 사죄의 말을 건넸다. 추모가 끝난 후, 추모공원을 떠난 그는 진실이 아닌 찌라시로 고통받는 사람들을 어떻게 도울까 차 안에서 몇 시간을 고뇌한 끝끝내 그 조건에 부합

한 직업을 찾게 되었다.

그로부터 몇 해가 지난 어느 방송국, 그곳의 스튜디오는 방송 시작 직전인 탓에 매우 분주했다. 화면이 바뀌는 홀로그램 배경을 등진 채 커다란 데스크에 앉은 채 정갈한 정장을 입은 남성이 마지막으로 대본을 정리하고 있었고 방송 스태프들은 방송 장비 확인을 위해 여기저기 뛰어다니고 있었다.

"자, 갑니다! 3,2,1. 큐!"

방송 시간에 다다르고 사인에 맞게 슬레이트가 쳐지자 웅장한 배경음악과 깔리고 남자가 카메라를 보며 인사했다.

"안녕하십니까, 시청자 여러분. 한기혁의 팩트체크 진행자, 한기혁입니다."

서울집사라

백수민

깜깜한 어둠이 지나고 반짝이는 낮이 되었으나 내 마음은 착잡하기 그지없었다.

아침 일찍 일어나는 새가 벌레를 잡아먹는다는데 아침 일찍 일어나도 할 일이 없다.

2021년 나는 무기력한 삶을 살고 눈을 떴는지 감은지도 모를 삶을 산다.

입에 프렌치토스트를 물고 넥타이를 엉거주춤 만지는 사람들이 내 원룸에서 보인다. 행복해 보이기는 무슨, 힘들어 보이는 얼굴들이다.

시간을 거슬러 고등학교 1학년 때부터 나는 놀기를 좋아해 시험공부는커녕 야자를 째기 일쑤였다 선생님께 혼나도 흰 백지처럼 생각 없이 놀았다. 다만 후회하지 않는다고 하면 거짓말이다. 내가 지금 빈 소주병을 불고 있는 것은 돌은 이유일까?

나는 일주일 동안 마지막으로 내 삶을 직접 끊으려고 한다.

심각한 취업난으로 스펙이 좋은 친구들도 다 면접에서 떨어지는 가운데 태어날 때부터 중간으로 살았던 내가 뭘 어찌할 수 있을까 부모님께 손 벌리기도 지쳤다.

나는 7일의 시간을 통해 마지막으로 사람답게 살 것이다.

냉장고에서 초록색 병을 꺼내 썩어가는 몸과 마음을 뒤로한 채 쓰러지듯 잠자리에 든다.

"지금보단 최악은 없을 거야."

깜깜한 낮이 지나고 반짝이는 어둠이 되고 나는 깨어났다. 좁은 원룸 안 홍색 얼룩이 묻은 트레이닝 체육복을 입고 일주일을 위해 모아둔 200만 원을 꺼낸다. 다 떨어진 운동화를 가지고 제일 먼저 목욕탕으로 달려갔다.

엄마와 아들로 보이는 모자가 하하 호호 웃고 있다. "남자아이가 왜 들어오지." 신경 쓰이지만 스쳐 지나간다. 얼굴에 오이를 얹어놓은 사람, 유통기한이 지난 유제품을 얼굴과 피부에 양보하는 사람이 있다. 이들에게 나는 어떤 모습일까 싶다.

꾀꾀한 내 모습을 벗어던지고 밖을 나와 바나나우유를 마시며 무엇을 할까 곰곰이 생각했다.

일단 삶을 끊어내기 전 소중한 사람들을 만나야겠다고 생각했다.

내 초등학생 때부터 친구였던 징어는 보이스피싱으로 5천만 원을 잃었지만 좋은 사람들이 주변에서 도와주어 힘을 내며 살아가고 있다. 내가 징어였다면 이 세상 사람이 아니었을 것으로 생각한다. 다만 나는 이런 징어를 보며 난 더 열심히 살아야겠다는 생각은 차마 들지 않는다. 냉랭한 현실을 이길 수는 없다.

나는 얼굴이 붉어져 지나가는 사람이 볼 새도 없이 옷깃으로 얼굴을 감췄다.

지나가는 사람은 내가 미친놈인 줄 알 것이다.

집으로 돌아가기는 싫어 남은 199만 원에서 40만 원을 꺼내 호텔을 예약해 잠을 청했다.

갑자기 큰 소리와 함께 큰 경보음 소리가 들린다.

운수도 없는 날이다.

밖에 나와 놀란 마음을 다스리고 있는데 누군가가 구급대원들에 의해

바싹 그을린 모습으로 얼굴을 드러냈다. 너무 놀라 놀란 소리가 나오려고 했지만 소리를 몸속으로 깊게 삼켰다.

얼굴이 자세히 보이지는 않지만 엘리베이터를 같이 탔던 할아버지가 틀림없다.

"차라리 날 데려갔더라면."

소리 없는 아우성을 외친다.

급히 다른 곳으로 가 잠을 청하려는데 기립성저혈압으로 어딘지 모를 곳에서 쓰러졌고 내가 뺨을 맞고 일어났을 때에는 하얀 옷을 입은 사람들이 나를 둘러싸고 있었다.

"당신에게 10년 전 5마디를 할 수 있는 기회를 드리겠습니다."

나는 헛것이 보이는구나 하며 나중에 써도 되는지 물었다.

그러자 넓은 아량으로 부르실 때 찾아온다고 했다.

웃음이 나오려는 것을 참은 채 신호등으로 냅다 뛰었다.

"신종 돈 뜯기 기법인가?"

길을 건너는데 옆에서 밝은 빛이 나를 감싼다. 다행히 무사히 건넜다. 사람 죽이려고 그러는 건가 싶은 마음이었다.

내 무의식중에 살고 싶은 마음이 숨어 있었나보다 아닌 줄 알았는데 그랬어야 했는데 살고 싶지 않은 것이 아니라 이렇게 살기 싫은 것이었다.

터벅터벅 근처 모터 호텔로 걸어 들어가 잠을 청하려고 했는데 배가 출출해 고깃집으로 들어가 혼자 고기를 후후 불며 먹던 와중에 밖에서 큰 소리가 들려 잠시 나가보았는데 칼부림이 일어났다. 술에 취한 채 손에 칼을 들고 있는 여자와 당황한 남자와 여자가 서 있다.

상황을 보니 바람을 핀 게 틀림없다 이 생각을 한 지 10초가 지났을까 남자의 손이 두 개가 되었다 바닥에 뒹구는 손가락을 보니 몰래카메라인가라는 생각과 함께 남자의 비명소리가 들렸다.

가게에서 고깃집 사장님이 헐레벌떡 뛰어와 헝겊으로 떨어진 손가락을 감싸 얼음에다 넣고 신고를 하였다.

칼든 여자는 고의가 아니였다는 척 눈에서 폭포수가 흘렀다.

그리고는 그 여자는 내 언니라고 미친 듯이 외쳤다.

하지만 사람들은 여자의 소리를 철저히 무시한 채 떨어진 손가락만 응시하였다.

인류애가 떨어졌지만 저들의 모습엔 나도 같은 그림자일 것이다.

어제부터 운수가 좋지 않다고 생각이나 몸이 허한가 보다라는 생각이 든다.

남자는 소리를 지르며 니 언니랑 서프라이즈를 위해 밖에서 준비한 거라고 울부짖으며 말했다.

하지만 여자는 단호한 목소리로 울음을 그치고 말했다.

"너랑 저년 비틀대면서 니 자취방에 들어가는 거 봤어."

사람들의 민심이 여자 쪽으로 흔들렸다.

이 소란도 잠시 구급차가 와서 모든 소란은 정지되고 그녀는 수갑을 찬 채 고개를 숙이며 경찰차를 탔고, 그날 새벽 페이스북 페이지 대구는 지금에 칼부림 사건이 포스팅되고 유튜브에 손가락 여자의 심리라는 영상이 올라옴과 동시에 댓글로 남자를 잘려도 싸고 그녀가 잘했다는 댓글이 넘쳐흘렀다.

이 사람들이 역겹고 시간이 흘러 그래도 정당화된 행동이 아니라는 댓글과 함께 대립했다.

이틀 동안 생긴 많은 일에 반감이 생겨 얼른 쉬고 싶었다.

세상밖에는 많은 일이 있지만 나의 집 문에 가려 보지 못했다.

어제 묵었던 모텔로 돌아가는 길 노부부가 서로의 손을 잡은 채 느리게 걷는다.

나도 평생을 약속한 사람이 있었다. 하지만 그는 불의의 사고로 인해 목숨을 끊었다. 아파트 위에서 떨어진 벽돌이 그의 머리로 착지한 것이었다.

뉴스에서도 보도가 됐지만 늘 그렇듯 시간이 지나자 묻히고 그의 가족과 함께 국민 청원에 올려봤지만 끝내 3만 명을 채우지 못한 채 나의 몸부림은 멈추었고 아무도 알아주지 못한 채 그는 나와 가족들의 추억에서만 살아 숨쉰다.

나도 극단적인 선택을 하려 했으나 그의 편지를 보고 생각을 고쳤다.

"얼마 뒤면 1주년이야. 나는 니가 나랑 세상에서 제일 행복해 졌으면 좋겠어."

그 사람이 없는데 할 수 있는 게 없다고 생각했지만 하루이 틀 숨을 쉬며 살고 있었다.

하지만 시험에 떨어지기 일쑤고 취업은 또 되지 않는다. 나도 그와 함께하고 싶고, 얼마 남지 않았다.

눈에서 눈물이 흐르지만 참는다.

모텔로 가서 또 잤다.

163만 원이 남았고, 무료한 하루가 또 지났다.

무의미한 4일이 지나고 나에게 남은 시간은 단 3일이다.

나는 아프리카에 들어가 인기BJ 남캠에게 들어가 별풍선을 쐈다. 10개를 쐈는데 관심도 없어 보이는 얼굴이다.

"이래도 안 보고 버텨?"

수수료까지 110만 원으로 별풍선 만 개를 충동구매했다. 어짜피 3일만 살 건데 상관없겠지라는 마음으로 만 개를 쐈고 남캠은 매우 행복한 표정으로 춤을 추었다.

나에게 온갖 아부를 떠는 모습에 피식거리며 웃었다.

하지만 몇 시간 후 돈 떨어진 것을 알았는지 다른 사람에게 관심을 빼앗겼다. 도둑놈이라 생각했지만 일단 휴대폰을 끄고 다짜고짜 산행 준비를 했다.

가까운 팔공산으로 가서 시원한 얼음물과 초콜릿을 들고 가파른 길을 올랐다. 힘든 자살 전 여행으로 인해 몸은 피곤하고 심지어 산을 오르고 는 있지만 뿌듯하며 살고 있다는 느낌이 내 몸을 감싸 안았다.

정상으로 올라가 아래를 내다보니 세상은 무엇과도 형용할 수 없을 정도로 아름다웠다. 이렇게 아름다운 풍경이 있는데 한 번을 안 왔는지 후회가 되기도 한다.

감상을 하고 내려가던 중 발을 헛디뎌 발목이 접질렸으나 어디선가 나타난 등산 동호회 사람들이 나를 감싸 자신이 가진 구호 용품을 꺼내 간단한 응급처치를 하고 무사히 내려갈 수 있도록 도와주었다.

내가 정신을 차렸을 때쯤 그 사람들은 어디로 갔는지 코빼기도 보이지 않았다.

태양에 내 마음속 얼어붙은 얼음이 녹을 때쯤 현실로 돌아갈 생각에 몸서리쳐졌다.

나는 오랜만에 널브러진 내 집으로 돌아가 씻고 숙면을 취했는데 어김없이 하얀 옷을 입은 사람들이 10년전 나에게 5마디를 할 수 있게 해준다고 하였다.

대답을 하려던 찰나 잠에서 깨어버렸다.

기분 나쁜 꿈이네. 데자뷰인가 어디선가 겪은 거 같은데 라는 생각과 함께 온몸이 빳빳하게 굳어버렸다.

그러나 놀랍게도 내 앞에 펼쳐진 광경은 꿈속과 같았고 하얀 사람들이 말했다.

"10년 전 나에게 5마디를 할 수 있게 해드리겠습니다."

나는 대답했다.

"서울집사라."

아
리
코
디
소
자

정윤지

짙은 담배 향과 섞인 커피의 냄새가 역하게 느껴진 것은 녹슨 페인트가 드러나는 것마냥 고르지 못한 벽지도 한 몫을 했다. 지하 어딘가의 불쾌한 냄새는 순식간에 그들을 덮쳤다. 삭막만이 존재한 어둠이었다. 그 틈새로 작은 빛이 하나 들어온다. 그녀의 설명으로는 모든 것을 알 수 없는 세계였다. 누군가는 그곳을 낙원이라 불렀으며 누군가는 그곳을 악령이 깃든 곳이라 불렀다. 확실한 것은 그곳에 있는 문명은 우리보다 훨씬 앞서나갔다는 것이다. 그들이 그 세계를 이렇게 부르기 시작한 것은 작은 씨앗에서부터였다. 갑작스레 내려앉은 작은 씨앗이 터를 잡고 자라기 시작했는데 그 규모가 어찌나 큰지 사람 백여 명이 올라타도 거뜬한 정도였다. 그 씨앗이 마치 강낭콩의 씨앗과 닮았다고 하여 사람들은 이곳과 그 나무를 아리코라고 부르기 시작했다. 아리코, 그게 시작이었다.

아리코의 사람들은 빛이 없는 세상에서 살아갔다. 정확히는 희망이 없는 세상이다. 그러나 그들은 자신이 행복하다고 믿었다. 그들을 이해할 수 없다고 얘기하기엔 그것이 그들의 유일한 돈벌이 수단이라 그들은 그저 자신의 행복을 진실이라고 믿고 살아가야만 하는 것이다. 아리코에서 돈을 버는 것은 간단했다. 누구나 부를 원하고 더 값진 것을 얻으려 한다. 이곳에서 돈은 기억을 파는 것이다. 그냥 단순한 기억이 아닌 행복한 기억 말이다. 아리코의 사람들은 그 행복한 기억을 위해 자신을 속이는 것이 당연시해졌다. 그녀는 행복을 진실로 믿는 것은 고통스러운 일이라고 이야기했다. 행복은 누구에게나 객관적인 것이다.

아리코의 씨앗은 사람들에게 유일한 희망이었다. 그들에게 맑은 산소를 유입해줄 씨앗은 날이 갈수록 커지기만 할 뿐 그 몸집이 더이상 자라나지 않았다. 씨앗이 커질수록 사람들은 질 높은 산소를 맛볼 수 있게 되었는데 비용이 꽤나 값진 것이었다. 사람들은 씨앗이 생긴지 얼마 지나지 않아서 깨닫게 되었다. 아리코의 씨앗은 사람들의 불행과 행복을 동시에 먹고 자란다는 것을 말이다. 그러니깐 간단하게 말하자면 값비싼 행복한 기억부터 값싼 슬픈 기억까지 모조리 팔아버린 사람들을 깡통이라고 부른다. 마치 속이 텅 빈 깡통과 똑 닮았기 때문이다. 그런 사람들을 아리코는 먹고 자란다. 깡통은 자연스레 모든 감정을 잃고 스스로 사고하지 못 하기에 슬픔을 느끼지도 연민을 느끼지도 않는다. 서로에게 득이 되는 양분이었다.

그녀는 이곳에서 기억을 심어주는 심리치료사로 꽤 많은 기억을 팔았다. 소소하게는 어린아이에게만 심어줄 수 있는 산타클로스의 작은 양말 같은 것인데 어린아이들은 이런 작은 기억만으로도 행복을 만들어낼 수 있다. 그러나 어른들에겐 작은 기억만으로는 가치 있는 행복을 만들 수 없었다. 그 때문인지 아리코의 사람들은 그 행복을 만들어내기 위해 어린아이들을 내다 파는 도매장이 성행했다. 가난에 궁핍한 부모들이 차라리 행복한 기억이라도 심으며 돈을 얻으라는 의도로 아이를 그곳에 팔아넘기는 것이다. 그곳에 아이들은 모두 나뭇가지 같은 몸으로 행복한 기억을 심고 그 감정을 빼내 돈을 얻었다. 마치 큰 학교 같은 단체처럼 보이는데 그곳의 아이들은 먹고 자고 행복한 기억을 얻어 그것을 다시 팔고 슬픈 기억을 얻지 않기 위해 아무와도 이야기를 하지 않는다. 심어주는 행복 외의 추억은 전혀 만들 수가 없는 것이다. 그러나 그들의 부모는 그것이 가난보단 나은 축복임이 분명했다고 이야기했다.

그녀는 또 이런 이야기를 했다. 그 세계는 어떤 곳인가요라는 질문에 대해서 말이다.

"그런 상상 하잖아요. 모두가 서로를 잃어버린 상상, 상상만 해도 짜릿한데 그들은 다리가 없어요. 손도 없고 어깨와 머리가 딱 붙어 있는 게 목이라곤 찾아볼 수 없는 형태 아, 그러니깐 거북이, 거북이랑 비슷한 거죠"

그녀가 말한 그 세계의 사람들은 서로 얼굴을 보지 않고 살아간다고 했다. 쟁반처럼 생긴 타원형의 기계에 앉아 서로를 그저 화면으로만 본채 웃음을 담보로 돈을 얻어가며 매일 같은 일상을 보낸다. 그들은 새들과 이야기를 하고 돌고래와 수다를 떨 수도 있다고 했다. 그 세계에선 우주란 곳이 더 이상 무한한 곳도 아니며 유한한 존재인 우주는 낮과 밤을 설정해야지만 어두워지는 구조를 가졌다. 사람들은 모두 같은 시간에 맞춰 잠을 자고 같이 일을 하러 나간다. 그들은 감정이란 것이 희귀해 감정을 팔고 돈을 얻는데 그 감정을 다른 부유층들은 사서 느꼈다. 감정도 사고파는 돈이 된 것이다. 그러니깐 그들은 가장 행복한 자가 부자가 되는 것이다. 그녀의 직업인 심리 치료사는 희귀한 직업 중 하나였다. 사람의 마음을 움직일 수 있는 것이 쉬운 일은 아니었으니 특히 이세계에선 돈이 되는 직업이었다. 그러니깐 지금으로 치면 의사와 비슷한 역할을 했던 것이다.

그곳의 사람들은 행복은 어떠한 것과도 바꿀 수 없다고 말한다. 그들이 사는 세계란 그런 것이었다. 그녀가 처음 도매상으로 간 날 그녀는 이곳의 사람들은 바깥사람들보다 더욱 행복해 보이나 감정이 없는 깡통 같은 사람들은 모두 텅 빈 눈으로 행복만을 좇고 있었다고 생각했다. 그들이 사려고 한 것은 행복이자 부인데 막상 자신들의 건강에는 그 부를 쓰지도 않았다고 말했다. 이상한 일이다. 그녀가 말한 그 해변도 마찬가지였다. 코타지 해변은 행복을 높게 주고 나서야 그 해변을 누릴 수 있었는데 그 해변은 늘 텅 비어 있었다고 했다. 그들에 대한 이야기를 조금 더 해보자면 그들은 바깥사람들이 생각하는 것과는 조금 다른 삶을 살았다. 가난한 사람들에게 그 도매장은 선망의 대상이자 마지막 동아줄 같은 존재였다. 정말 모든 걸 잃었을 때 모든 것을 포기하고 들어가는 어쩌면 최후의 수단 같은 그런 것 말이다.

그녀는 그 세계의 아이들을 끔찍하게도 생각했다. 잔인한 이야기일 수도 있겠지만 아리코는 감정을 다 써 버린 어린아이들을 좋아했다. 어린아이들이 감정을 잃는 것은 흔한 일이 아니었다. 작은 것에도 행복을 느낄 수 있는 나이였으니깐 말이다. 그러나 애석하게도 그런 아이들이 희귀한 확률로 나왔다. 그녀는 그런 감정이 없는 아이들을 살리기 위해 노력했다. 밑 빠진 독에 물을 붓는 것과 비슷하다고 생각했다. 사람들은 그녀의 행동을 이해할 수 없다며 손가락질을 했다. 그런 아이들을 거둬서 뭐하냐며 그녀를 비꼬는 사람도 넘쳐났다. 아리코에선 고약한 냄새가 풍겨 아무도 그 속을 들여다보는 이조차 없었다. 세상은 감정에 지배된지 오래다. 아리코에서 고약한 냄새가 나는 원인은 시체가 부패했기 때문이다.

"사람들은 깡통 같아요. 그 타원형 같은 기계 말이에요. 그게 사람을 망치는 것이 분명했어요."

그녀는 그 타원형 기계에 대한 이야기를 이어나갔다. 다른 사람들을 말을 들을 수 있으나 사람들은 모두 그 기계에 띄워진 스크린을 통해서 대화를 했다. 밥은 물론 생리적 활동조차 그 안에서 일어났는데 그들은 감정을 판 돈으로 그 안의 게임들을 사 유흥을 즐기고 쇼핑을 하고 또다시 기억을 팔아 돈을 모았다. 언뜻 보면 로봇과도 같은 형태를 하고 있는 것이 사람이었다. 그곳에는 푸르른 공기조차 없을뿐더러 흐르는 강물은 손에 닿지 않았다. 모두 제작된 프로그램에 의한 물체일 뿐이니깐.

아리코는 하루가 다르게 성장해갔다. 사람들의 불행과 행복을 동시에

먹은 결과였다. 아리코를 보고 사람들은 이렇게 이야기했다

"저 콩나무가 우리를 살릴 거야."

종교와 비슷한 맹신이었다. 물론 아리코를 믿지 않는 사람들도 있었다. 어느 집단이나 다른 신념을 가진 집단은 있으니 마련이다. 언제까지나 신 대접을 받던 아리코가 악의 존재로 돌변했을 때 그것을 맹신하던 사람들은 언제 그랬냐는 듯 아리코를 배척했다. 아리코는 한 순간에 신에서 악을 상징하는 존재로 돌변했다. 그것이 돌변한 것은 겨우 3일이 되지 않은 시점에서였다. 그것이 사람을 잡아먹는다는 소문을 내고 그 소문이 또 소문을 타 기정사실화가 된 시점이다. 사람들은 단순하다는 것이 틀린 말은 아닌 것 같다. 서늘한 바람을 타고 온 바람개비처럼 소리소문도 없이 모두를 홀렸다. 그녀는 무섭다고 얘기했다.

"그 아리코라는 나무 말이죠. 사실은 진짜 사람을 잡아먹는 것이 맞거든요."

아리코는 사람을 잡아먹는다. 정확히는 감정이 빈 사람이지만 그중 어린아이들을 말이다. 몇 년 전 그녀는 한 아이를 잃었었다. 자신이 맡고 있던 도매상의 아이 중 하나가 어느 순간 감정을 잃은 것이다. 그 아이가 왜 감정을 잃었는지는 알 수 없었다. 아직까지도 그 이유가 정확하게 밝혀지진 않았지만 몇몇 사람들은 그 아이가 어느 날부터 알 수 없는 행동을 했다고 이야기한다. 어느 날은 웃기만 하다가 어느 날은 우울에 빠져 헤어나오지 못했다는 것이다. 그러던 어느 날 어린아이처럼 잘 웃던 아이가 아무 표정도 아무 감정도 없는 깡통 상태가 되어버렸다. 감정이 없다는 것은, 즉 아리코의 재물 상태가 되었다는 이야기였다. 한결같이 사람들은 그 아이의 잘 못이라고만 이야기한다. 욕심을 부리니 그렇게 되는 것이라며 손가락질을 하기도 했다. 그러다 아리코가 처음으로 성인을 흡수했을 때 사람들의 반응은 달라졌다. 사람을 먹는 식인 식물이라며 당장 잘라버려야 한다는 사람도 생겨났다. 아리코는 처음으로

깡통 상태인 성인 남성을 흡수했다. 그것은 이 세계의 역사적인 일이었다. 그 일 이후 아리코의 세계는 엉망진창이었다. 사람들은 오늘이 마지막일지도 모른다며 매일 유흥을 즐겨댔고 도매상의 아이들은 이제 잡혀가지 않아도 된다며 여느 어린아이들처럼 놀이를 하며 행복을 즐겼다. 엉망진창이 된 세계에서 그들은 오늘이 마지막인 것처럼 살아갔다.

"이제 저 괴물 같은 식물이 우리를 잡아먹을 거예요."

타원형 기계 위의 화면에서 한 여자가 소리를 질렀다. 사람들은 그 소리에 아침 단잠을 깨웠다. 일어나자마자 보이는 것은 화면을 꽉 채운 한 여자의 얼굴이었다. 그들은 동시에 아리코를 향해 고개를 돌리곤 일사분란하게 손가락을 움직였다. 그녀의 말에 동의하기 위한 동작이었다. 순식간에 아리코의 사람들은 아수라장이 되었다. 아리코가 그 크기를 두 배로 불린 것이다. 어떤 사람은 타원형 기계에서 떨어져 이곳을 벗어나려고 하기도 했다. 그러나 목이 없는 사람들은 기어서 바닥을 지날 수밖에 없기에 너무나 느린 속도였다. 사람들이 동조하는 데에는 얼마 걸리지 않았다. 하나 둘 기계를 의존하던 사람들이 그 기계에서 멀어졌다.

어떤 한 남성이 그 기계에 있는 사람들을 아리코가 잡아먹을 것이라고 이야기했다. 단지 그 말 하나에 사람들은 모두 움직이기 시작한 것이다. 아리코 세계에서 처음으로 모든 기계가 작동을 멈췄다. 말을 할 줄 몰랐던 사람들이 입만 빼끔 거리며 살 곳을 찾아 헤맨다. 마치 원시의 지구 같은 모습이었다. 아리코, 그들은 모두 아리코를 향해 걸어갔다. 아리코가 산소를 공급해 주고 자신들에게 안식처를 줄 것이라고 생각했다. 물론 사람을 잡아먹는 식물이기에 그들은 모두 자신들의 재산을 몰두해 감정을 가득 채운 후 그곳으로 향했다.

사건의 근원지로 가는 사람들의 모습은 하나 같이 서로 뒤에서 오기 위해 눈치를 보았다. 그들에겐 협동심 따위라곤 존재하지 않은 듯 했다. 초등학교에서 했던 모둠 학습의 기억을 더듬어 보아도 이런 상황에서 발휘할 수 있는 기질은 없었다. 똑똑한 사람조차 그저 감정에 의존해왔던 것이다. 그들에게 감정은 세상 전부였다. 그 속에서 도매상의 아이들은 더 이상 행복을 팔지 않아도 되었다. 아무도 행복을 사가지 않으니 행복한 기억을 억지로 집어넣을 필요도 그 기억을 다시 되팔아버릴 필요조차 없어진 것이다. 불행인지 다행인지 그들은 넘치는 행복한 기억을 가지고 있었다. 이 세계의 모든 사람들이 방황할 동안 그들은 길을 알고 있었던 것이다. 사실 아리코는 사람을 잡아먹지 않는다. 모두 사람들의 두려움에서 나온 허상일 뿐이다. 그동안 희생되었던 아이들은 그저 감정을 느끼지 못한 채 양분으로서 썩어간 것이다. 그 때문에 아리코 주변엔 항상 고약한 악취가 풍겼던 것이고, 도매상의 아이들은 사람들을 보며 이야기했다. 아리코는 사람을 잡아먹지 않는다고 말이다. 그러나 사람들은 아무도 그 말을 귀담아 듣지 않았다. 그저 아리코 근처로 가기 위해 육지 위에서 헤엄을 치는 것에만 집중했다.

아리코의 앞에는 깊은 물 웅덩이가 그것을 둘러싸고 있었다. 사람들은 너나 할 것 없이 그 물웅덩이로 빠져들었다. 그들은 새로운 사실을 하나 발견했다. 물 속에서 움직이는 것이 육지에서 움직이는 것보다 더 빠르고 편하다는 것이다. 모두가 거북이와 같은 체형으로 변했으니 육지에서 움직이는 것보다 물에서 움직이는 것이 더 편한 게 사실이었다. 사람들은 그곳에서 자신의 감정을 조금씩 팔아 숨을 쉬고 남들과 이야기를 했다, 물 위에서보다 더욱 편할 수도 있는 생활을 즐기는 것이 그들에게도 꽤 좋아보였다. 그러나 감정은 한정적이었다. 풍족한 생활을 할수록 더욱 빈 깡통에 가까워지기만 했다. 처음엔 그들도 기억을 팔아보려 했다. 그 기억들이 모두 도매상에서 사들인 감정뿐이라 그들에게 남아 있는 것은 그저 복주머니에서 나온 5000원짜리 정도의 기억이었다. 그들은 그런 기억에 행복한 감정을 느낄 수 없었다. 그러니 감정을 팔아도 팔 수 없는 것이다. 그러나 그들이 또 간과한 사실이 하나 있었다. 그들은 기억을 팔아 돈을 쓰기만 할 뿐 그 기억을 얻는 방법을 모른다는 것이다. 그도 그럴 것이 도매상으로부터 행복한 기억을 사들이고 그것을 팔아 돈으로 썼으니 스스로가 행복한 기억은 없으며 그 기억이 점점 사라지고 있다는 것이다. 감정을 잃으면 아리코의 재물이 된다. 그것은 어쩔 수 없는 사실이다. 이제 그들을 기다리는 것은 그저 감정이 없어 깡통이 되길 기다리는 아리코만이었다.

"그러니깐 그쪽 이야기는 당신이 살던 곳은 아리코이고, 이 세계가 생기기 전 이야기라는 거죠?"

형사는 그녀의 말을 수첩에 옮겨 적다 말고 미묘한 표정을 지었다. 아리코라니 알 수 없는 나라의 이름일뿐더러 그녀가 얘기하는 곳은 아무리 인터넷을 뒤져도 나오지 않는 정보들뿐이었다. 그녀는 자신의 말이 맞다고 이야기했다. 형사는 질문을 덧붙였다. 그래서 그 사람들은 어떻게 되었는데?

"지금쯤 아리코의 양분이 되었겠지. 내가 살아남은 것은 유일한 도매상의 치료사였기 때문이고."

형사는 그녀와 그녀의 옷차림을 번갈아보며 골치가 아프다는 듯 머리를 휘저었다. 그녀는 자신의 이름조차 알려주지 않았다. 그녀의 말을 종합해 보자면 그녀는 아리코라는 세계에서 왔으며 그 세계의 사람들은 모두 아리코라는 식물에게 받쳐져 지금 그 식물은 행방불명이다. 그리고 그녀는 갑자기 이곳에 오게 된 것이란 건데. 상식적으로 불가능한 이야기였다. 마치 평행세계라고 느껴질 정도로 전혀 다른 세계의 이야기 같았다.

"지금이 2021년이고 아가씨 말대로 하자면 아가씨는 지구가 생기기 전부터 여기서 살았다는 건데? 그럼 봐봐. 아가씨 나이가…… 136억 살 정도 되네."

말도 안 되는 소리 말고 돌아가세요. 형사는 정신에 이상이 있는 것이 확실하다며 혼잣말을 하다 고개를 저었다. 그녀는 멍한 표정으로 형사에게 말을 꺼냈다.

"아리코, 디 소자 그게 내 이름이야."

경계

정지유

진심이든 장난이든 다들 한 번쯤 생각해 본 적이 있을 것이다. 내가 사는 이 세상이 하루아침에 모두 바뀌어 버린다면 어떻게 할 것인지에 대하여 말이다. 물론 나 또한 생각해 본 적 있는 문제이다. 그때 내가 했던 답은 간단했다. 나만 살면 된다.

*

4년 전 여름, 쌓여가는 폭염 주의보가 밤 동안의 안부 인사로 익숙해져 가는 중 대한민국이 떠들썩했던 날이 있다. 미국에서 처음 시행한 인공 강우 기술을 드디어 한국도 도입한다는 것이었다. 그동안 비용과 환경 문제로 쉽사리 결정이 나지 않던 토의도 40도로 들끓는 한반도를 보고 난 후엔 아무런 의미가 없었다. 지금 생각해 보면 기술로 앞 다투어 경쟁을 벌이는 시대에서 '신기술을 적극 차용하는 선진국 대한민국!'이라는 이미지를 심어주기에 딱이었던 게 인공 강우 기술을 도입한 결정적 이유가 되었던 것 같다. TV 속 기자회견장, 세계 각국의 기자들을 모아놓고 지루한 연설만 하는 게 슬슬 짜증이 날 무렵 드디어 저 멀리서 느리게 다가오는 항공기가 보였다. 연설 때는 가끔씩 들리던 셔터 소리가 항공기를 보고는 미친 듯이 소음을 내기 시작했다. 천천히 다가오던 항공기는 기자들이 모여 있는 곳으로 점차 속도를 올렸다. 모여 있던 기자들과 부딪히는 게 아닐지 긴장되던 순간 항공기는 순식간에 하늘로 날아올랐다. 얼빠진 모습으로 일제히 헝클어진 머리를 정리하던 기자들이 지루하던 생방송 중 유일하게 재밌는 장면이었다. 그 뒤로는 뻔했다. 하루 종일 너나 할 것 없이 모든 방송사들이 항공기가 여기를 지나고 이 지점에서 화학 물질 이것과 이것을 얼마만큼 뿌렸고 이제 날씨가 어떻게 될 것이고, 그런 얘기들 밖에 안 했다. 문제는 화학물질을 잔뜩 머금어 아슬아슬하게 버티던 구름이 갑자기 생긴 태풍과 맞닥뜨리면서부터 시작되었다. 강한 태풍을 맞은 구름은 한국에서 가장 머리가 좋은 사람들끼리 모여 만든 완벽하다던 예상 이동 경로를 벗어났다. 구름은 태풍과 함께 곧장 바다를 건너가 차례로 미국과 브라질의 구름을 삼켰고, 캐나다를 지나면서 구름 안 물방울들은 얼음 알갱이로 굳혀졌다. 광활한 대륙을 건너 결국엔 한국으로 돌아온 거대한 회색 구름이 지금까지도 눈에 선했다. 머리 위로 구름이 지나가며 일순간 어둑해진 도시는 과연 재앙이라 불릴 만 했다. 무거운 눈을 버티지 못한 구름은 곧이어 폭설을 내리기 시작했다. 조금씩 쌓여가던 눈은 뜨거운 지구를 식히다 못해 차갑게 얼려버린 뒤에야 천천히 그 기세를 꺾었다. 전 세계가 8월에 추위로 얼어붙은 것이다.

*

이미 손쓸 새도 없이 망해버린 세상에서 내가 할 수 있는 일은 몇 가지 없었다. 집에 있는 식량은 떨어진 지 오래고 몇 안 되는 할 수 있는 일 중 그나마 자신 있는 건 입이나 놀리는 것이었다. 그래서 하게 되었다.

좋게 말하면 중개자, 나쁘게 말하면 사기꾼. 도로 곳곳에 사체들이 가득했다. 동물이건 인간이건 꽁꽁 얼어붙은 게 잘하면 컬링도 할 수 있을 것 같았다. 한 달만 봐도 그냥 지나칠 수 있는데 4년간 보면서 사체를 가지고 노는 것쯤이야 당장 내일의 내 생사 문제로 급급한데 충격으로 다가오지도 않는다. 물론 모든 사람이 나 같지는 않다. 수많은 경쟁자들을 제치고 운 좋게 방공호에 들어갔다 눈치를 보며 밖으로 나온 사람들이나, 혼자 살아남은 사람들에겐 길거리의 모습만으로도 기절하기 충분할 것이다. 나는 그 부분을 이용하기로 했다. 공포로 덜덜 떠는 사람들에게 도움 받을 수 있는 곳을 안다는 말로 꼬드기고, 생존을 위해 물불 안 가리는 큰 집단으로 데려가 넘기는 것이 나의 주된 일이었다. 큰 집단 그들의 말로는 뜻이 맞아 모였다곤 하지만 사실 무력이 강한 사람들끼리 뭉쳐 시내의 모든 마트들을 순차적으로 턴 집단이다. 그렇기 때문에 한낱 개인인 나와는 생존 물자부터가 어마어마한 차이가 난다. 이 물자를 고작 말 몇 마디로 얻을 수 있는데 마다할 이유 따윈 없다. 큰 집단에서 무엇을 하는지는 알 수 없었다. 철창으로 둘러싸인 곳 너머는 가본 적이 없기 때문이다. 항상 고통에 찬 신음소리와 육중한 기계가 힘겹게 돌아가며 내는 소음만이 들릴 뿐이었다.

모든 것이 바뀌어버린 세상에서 유일하게 바뀌지 않은 것이라면 내 신념을 꼽을 수 있겠다. 예나 지금이나 나는 이기주의가 나쁘다고 생각하지 않았다. 자신을 최우선시하는 것을 그 누구도 비판할 수 없을 것이다. 그러나 내 신념의 기둥이 흔들리게 된 일련의 사건은 있었다. 간혹 가다 눈치 빠른 희생자들, 그러니까 내 말로 인하여 큰 집단에 넘겨진 그들 중 유난히 감이 좋던 몇몇이 있었다. 기억에 남는 희생자들은 아빠, 엄마, 그리고 아이로 구성된 가족이었다. 그들은 타이밍 좋게 방공호로 제일 먼저 대피한 사람들이기도 했다. 나는 그들을 내 집으로 초대했고 그들과 마주보며 차갑게 식은 통조림 캔을 먹었다. 그들은 방공호 안에서 처음에는 수시로 전달되던 바깥 상황이 시간이 갈수록 뜸해지자 답답함을 느껴 밖으로 나왔다고 했다. 나는 공감하듯이 대충 고개를 끄덕여 보였다. 이튿날 나는 대피소로 데려다주겠다며 큰 집단의 아지트로 그들을 데려갔다. 아지트는 도로를 쭉 걷다 보면 나오는 콘크리트 건물과 지하철을 개조한 곳이었다. 건물은 공사가 진행되다 말았는지 콘크리트 기둥이 세워져 있지만 수도관이나 외벽의 디자인은 없었다. 어디서 주웠는지 군복을 입고 총기 몇 개를 허리춤에 찬 집단의 사람들은 주로 허름한 건물 앞을 서성였고, 내가 데려간 희생자들은 지하철역 밑으로 가는 걸로 보아 각 공간의 목적이 확실히 분리된 듯했다. 다만 분리된 목적과는 상반되게 높고 가시가 돋아난 철창이 두 건물을 하나로 엮어 둘러져 있었다. 어쨌거나 이 건물이 멀리서나마 시야에 걸쳐질 즈음, 인상이 좋아 보이는 남자가 그들을 마중 나와 건물 쪽으로 안내했다. 이 때 아이의 엄마가 과하게 친절한 남자에게 무언가 이상한 점을 느꼈는지 눈치를 보며 아이의 아빠에게 되돌아가자고 말했다. 아이의 아빠는 처음엔 여기까지 와서 그게 무슨 소리냐며 웃어넘기다 철창의 바로 앞에서 대기하는 또 다른 남자 셋을 보곤 표정이 굳어져 돌아가겠다고 말했다. 그 순간 선해 보이던 남자는 온화하게 웃던 얼굴을 거두고, 철창 앞에서 대기하던 남자 셋과 함께 순식간에 일가족을 철창 안쪽으로 밀어 넣었다. 철창 앞에 도착한 지 1분도 채 안 된 시간이었다. 그제야 사태의 심각성을 판단한 건지 아이의 아빠는 격분하며 저항하기 시작했다. 곧이어 그는 그를 붙잡은 남자 대신 날 향해 온갖 욕을 퍼부으며 삿대질을 하였고, 아이는 처음 보는 아빠의 모습에 크게 울기 시작했다. 아이의 아빠는 욕과 함께 울분에 찬 목소리로 소리쳤다. 요약해서 '이런 세상에서도 잘살아 보려는 우리에게 어떻게 이럴 수 있냐'는 내용이었다. 난 그 모든 상황을 그저 묵묵히 지켜보았다. 문득 전날 통조림을 먹으며 했던 대화가 떠올랐다. 전날 밤 아이의 아빠는 통조림 몇 개를 들어 보이며 말했다.

"이거 구하느라 죽을 뻔했다니까요. 집집마다 돌아다니면서 통조림 모으는데 세상이 이 모양이라 그런가 하나같이 보안이 튼튼하더라고. 그래봤자 이걸로 몇 번 때리면 부서지지만요."

"집 안에 사람 없었어요?"

"있었지, 있었는데 알아서 그냥 주더라고요?"

"왜요?"

"글쎄요. 내 인상이 무서웠나? 어쨌든 잘된 일이죠."

뿌듯하다는 듯이 웃는 그를 보며 나는 왠지 모를 동질감과 함께 찝찝한 기분을 느꼈다. 가족을 위해 다른 사람의 생명줄을 빼앗는 건 과연 옳은 일일지, 혼자인 나와 아빠로서의 그는 같은 행동을 했음에도 전제부터가 다른 것일지, 타인을 위한다는 방패 아래에 행동은 선(善)으로 인정받을 수 있을지에 대한 의문이 꼬리를 물고 이어졌다. 점차 생각이 깊어지기 시작할 때 철창 안쪽에서 선한 인상의 남자가 혼자 걸어 나왔다. 가족을 지하철역 밑으로 데리고 들어갔다 나오는 길인 듯했다. 남자는 나의 어깨를 툭툭 치더니 내가 입고 있던 점퍼 주머니 안쪽에 무언가를 집어넣었다. 나는 주머니 속에 손을 넣어 남자가 준 물건의 개수를 세었다. 손에 만져진 물건은 4개였다.

"건당 2팩씩 아닙니까?"

남자는 특유의 순한 인상으로 능청스럽게 말을 이었다.

"요즘 식량 구하기가 좀 쉽나. 가장의 무게를 좀 이해해라. 다 먹고 살려고 하는 건데."

나는 항의를 하려 입을 열었지만 복잡해진 머리에 나오는 말은 없었다. 남자는 아직 웃는 얼굴로 날 바라보고 있었다.

　어제와 같은 아침을 맞았다. 찬바람이 들어오지 못하게 비닐과 테이프로 엉망으로 가려져 있는 창문을 통해 흐릿하게나마 눈이 내리는 모습이 보였다. 침낭을 빠져나오자 익숙해지지 않는 추위가 피부 위를 덮쳤다. 나는 닭살이 돋는 팔을 몇 번 문지르고 나갈 채비를 했다. 나갈 채비라고 해봤자 패딩을 몇 겹 더 덧대어 입는 것밖에 안 되었지만 피부 속으로 찌르듯 들어오는 추위는 확실히 덜했다. 현관문에 몸을 기대어 강하게 부딪쳤다. 문 너머로 무언가 스러지는 소리가 들렸다. 문을 열자 새벽 내내 쌓인 눈이 집 안쪽으로 들이닥쳤다. 나는 발치에 쌓인 눈들을 신고 있는 신발로 한쪽으로 밀어두고 나갔다. 문밖으로 나가자마자 기도를 타고 내려간 차가운 공기가 폐 안쪽을 맴돌았다. 폐 안쪽에서 데워진 숨이 하얀 입김으로 내뱉어졌다. 언제쯤 추위가 멎을지 생각하며 비상계단을 내려왔다. 15분쯤 뒤, 큰길가의 도로변이 보였다. 눈이 부실 정도로 새하얀 풍경이 눈앞에 펼쳐졌다. 나란히 줄지어 서 있는 건물도, 건물 중앙의 길도, 길가에 얼어붙은 사람도 모두 하얬다. 분명 많은 사람들이 도로에 있음에도 들리는 소리는 바람 소리뿐이었다. 나는 건물 문 앞에 앉은 새하얀 사람 옆으로 가 앉았다. 뺨과 속눈썹에 눈이 쌓여 있었다. 창백한 피부와 얼굴 곳곳의 눈이 눈사람 같다고 생각하게 했다. 지금부터는 기다림의 연속이다. 오늘따라 운이 좋으면 방공호에서 나온 사람을 만날 수 있을 것이고 운이 나쁘다면 저녁까지 한자리에서 기다리다 동상만 얻고 돌아가게 될 것이다. 오늘따라 내 옆의 눈을 감고 있는 하얀 사람의 평온한 표정이 더욱 부러워 졌다. 잠깐만 눈을 붙일 생각으로 눈을 감았다.

"저기요, 괜찮으세요? 여기서 정신 잃으시면 정말 큰일나요."

눈을 뜨자 한 소년이 나를 흔들어 깨우고 있었다. 키는 크지만 마른 뼈마디가 많이 봐야 고등학생 정도였다. 소년은 내가 건물 앞에서 정신을 잃은 것으로 생각했는지 걱정이 가득해 보였다. 나는 괜찮다는 의미로 움직이지 않는 얼굴 근육을 억지로 움직여 웃어 보였다. 시간이 얼마나 지났는지 몰라 손가락을 움직여 보았다. 내 뜻대로 움직이는 게 동상이 걸릴 정도의 시간은 안 지난 것 같았다. 날 일으키려 뻗은 소년의 손 역시 차가웠지만 개의치 않고 그 손을 맞잡았다. 소년은 날 일으킨 후 매고 있던 해진 가방을 뒤져 조그만 초콜릿을 건넸다. 나는 손바닥 위의 초콜릿을 보다 말했다.

"나는 줄 게 없는데."

"괜찮아요. 혹시 지낼 곳이 없으면 절 따라오셔도 돼요."

말을 마친 소년은 몸을 돌려 앞장서서 걸어가기 시작했다. 나는 큰 집단을 떠올리며 소년을 따라갔다. 20분 정도를 쉼 없이 걸어가자 허름한 폐공장이 보였다. 거의 무너지기 직전의 공장을 소년은 익숙하단 듯이 들어갔다. 폐공장의 가장 구석에 다다르자 1인용 텐트와 그 주변으로 성벽을 이루듯 고물들이 즐비해 있었다. 저를 빤히 바라보는 내 시선을 느꼈는지 소년은 하던 일에 시선을 둔 채로 자신을 소개했다. 소년의 이름은 류건우이고 나이는 18살이라고 했다. 생각보다는 많은 나이였지만 영양가 없는 음식만 근근이 먹었을 걸 생각하니 납득이 되었다. 건우는 텐트에 도착하자마자 분주히 준비하던 무언가를 들고 나왔다. 냄비에 담긴 건 옥수수 캔을 끓여 만든 수프였다. 실은 수프라 부르기도 애매한, 옥수수 캔과 물을 넣어 끓인 것밖에 안 되었다. 그러나 고작 옥수수 캔 하나라도 구하기 위해 몇 시간을 걷고, 나는 고작 그 한 캔을 얻기 위해 사람들을 팔아먹는다. 초라한 친절이었지만 절대 작은 친절은 아니었다. 나는 선뜻 수프를 내게 건네는 건우에게 물었다. 내가 누구인 줄 알고 이렇게 순진하게 자신의 집으로 데려 오냐고 묻자 건우는 정말 아무렇지 않다는 표정으로 답했다.

"당신이 누구인 줄 몰라요. 당신이 누구인 줄 알았다면 더욱 의심했을지도 모르겠어요."

내 질문을 듣곤 그제야 경계하는 태도를 취하거나 신상을 밝히라 독촉할 것이라는 예상과는 완전히 엇나간 발언에 잠시 동안 아무 말도 못 했다. 나는 다시 한번 질문했다. 만약 내가 목적이 있어서 너를 따라온 것이라면 어쩔 것이냐는 내 질문에 건우는 덤덤하게 말했다.

"괜찮아요. 당신이 있으면 최소한 집 가는 길은 혼자보다 안전할 테니 당신을 데려온 건 저도 목적이 있어서였어요."

나는 예상을 벗어나는 답변들에 더는 질문 할 마음이 들지 않았다. 나와는 완전히 다른 인간상이라고 느꼈다. 마음속 어딘가가 묘하게 답답했다.

새로운 아침이다. 오늘은 어제와 다르다. 엊저녁 수프를 먹고 텐트에서 잠이 들었다. 마지막으로 본 건 내일도 나가려는지 가방을 손보고 있는 건우의 뒷모습이었다. 눈을 뜨자마자 보이는 모습 또한 어제와 비슷한 건우의 뒷모습이었다. 건우는 인기척을 느꼈는지 뒤를 돌아보았다. 나와 눈이 마주친 건우는 같이 나가겠냐고 물었다. 나는 고개를 끄덕였다.

이후로 며칠간 같은 패턴이 반복되었다. 아침에 같이 나가서 식량을 구해오고, 저녁엔 구한 식량으로 함께 식사를 했다. 아직까지 건우를 보면 느끼는 답답함이 무엇인지 정확히 알 수 없었다. 이 답답함의 정체가 무엇인지 알 때까지만 이라며 스스로 건우를 큰 집단으로 데려가길 회피했다. 매일 아침 당연한 듯이 보이는 얼굴에 안 떠날 것이냐 물을 만도 한데 건우는 눈치를 주지도, 말을 꺼내지도 않았다. 요 며칠간 건우를 보며 느낀 점이 있다. 건우는 보기 드문 사람이라는 것이다. 유난히 정이 많다고 해야 할지 동정심이 지나치다고 해야 할지 그 경계가 애매했다. 나는 몇 번이고 봐 지루할 정도인 길거리의 시체를 건우는 볼 때마다 표정이 어두워졌고, 간혹 가다 정말 드물게 길거리의 작은 생명이라도 발견하면 온종일 걸어 겨우 발견한 캔을 나누어 주기도 일쑤였다. 그때마다 이유를 따져 묻고 싶었지만 건우의 표정이 왠지 모르게 후회가 가득해 보여서 아무 말도 꺼내지 못했다. 건우가 그 후회 가득한 얼굴을 하는 이유를 알게 된 것은 함께 지낸 지 2주째가 되는 날이었다. 이유를 알게 된 날 아침 또한 건우와 나는 큰길로 나가 식량을 구하러 갔다. 집단으로부터 식량을 받을 수 없었기 때문에 우리는 날마다 조금 더 먼 길을 걸어 나가야 했다. 어제보다 몇 개의 건물을 더 지나치고, 종아리에 뭉친 근육이 아릿하게 저려올 즈음 길 한 귀퉁이에 어린아이가 얼어 죽어 있었다. 초등학생 정도로 보이는 여자 아이였다. 원래도 시체를 보면 표정이 굳는 건우였지만 여자 아이의 시체를 본 건우는 아이가 안 보이게 될 때까지 몇 번이고 뒤를 돌아보며 눈을 떼지 못했다. 건우의 집으로 돌아와 찾은 음식 몇 개를 건네었다. 평소 같았으면 건네받은 음식을 가지고 어떻게 하면 오래, 많이 먹을 수 있을지 중얼댔을 건우지만, 그날은 내가 몇 번이고 이름을 부르고 난 뒤에야 부름을 알아차릴 정도로 멍했다. 식사를 하는 와중에도 텅 빈 눈과 찌푸려진 미간이 건우의 상태를 설명해 주었다. 밥을 먹는 둥 마는 둥 식사를 마친 건우는 자신에게 말을 걸지 말지 입을 달싹이는 나를 보며 말했다. 오늘따라 유난히 멍해서 죄송하다고 입을 뗀 건우는 천천히 과거 일을 털어놓았다. 건우는 처음부터 혼자 지낸 것은 아니라고 하였다. 눈이 내리기 전 세상에서는 어머니와 12살의 여동생과 함께 살았었는데, 추위가 시작되기 전 일을 떠나신 어머니와는 눈이 내린 뒤로 다신 볼 수 없었고 어린 여동생과 단둘이서 지냈다고 했다. 여동생은 세상이 망하고 나서도 정 많은 성격을 버리지 못해 길거리에 허기진 사람이 보이면 자신의 음식을 나눠주곤 했다고 말했다. 매번 타일러도 같은 행동을 하는 여동생을 보며 꾹꾹 눌러

온 짜증이 폭발한 날, 화가 난 건우는 동생을 두고 먼저 텐트로 돌아왔고, 시간이 걸릴지언정 뒤따라올 거라 생각한 여동생은 며칠이 지나도 텐트로 돌아오지 않았다고 말했다. 여동생의 행동 하나 이해하지 못하고 버린 자신이 너무 후회되고 부끄럽다고 말하는 건우의 눈 밑은 붉어져 있었다. 그 후로 길거리에서 작은 생명이라도 보이면 달려가 기꺼이 자신의 음식을 나눠줄 여동생이 떠올라 지나치지 못한다며 말을 마쳤다. 깊은 한숨을 내쉰 건우는 고개를 숙였다. 죄를 고하듯 자책하는 모양새에 또다시 답답함이 느껴졌다. 마음 한구석이 꽉 막힌 기분에 나 역시 작게 한숨을 내쉰 순간이었다. 머릿속에 필름이 스치듯 빠른 속도로 한 장면이 연상되었다. 몇 년 전, 일가족을 집단으로 안내한 그 시점이다. 집단에 가족을 데려다주고 다시 집으로 오던 길, 한 여자아이가 오빠를 부르며 울던 것이 생각났다. 약속과는 다른 집단의 행동과 정리되지 않는 복잡한 생각들로 지쳐 분명 보고도 못 본 척, 여자아이를 뿌리쳐냈었다. 나와 반대편으로 가고 있었으니 분명 큰 집단의 아지트로 가는 방향과 같았다. 머릿속에서 메아리치듯 여자아이의 울음소리가 들렸다. 뭉개지는 발음이었지만 분명 '건우'라고 말했다. 심장이 뛰었다. '어쩌면'이라는 생각이 온통 머릿속을 지배했다. 나는 여전히 고개를 숙이고 있는 건우를 보았다.

*

새벽 내내 건우와 대화했다. 일방적인 나의 사과와 건우의 침묵을 대화라 칭할 수 있을지는 모르겠다. 내 기억의 작은 조각들이라도 모두 꺼내어 그 당시 상황을 설명했다. 상황을 설명하면서 몇 번의 사과를 거듭했다. 비록 건우는 목적이 있다고 둘러대었지만 내가 해준 것은 아무것도 없었다. 대가 없는 친절은 존재할 수 없다고 생각한 나에게 건우는 거

대한 균열이었다. 떨리는 손으로 마른세수를 하는 건우를 보며 내가 느끼는 답답함이 뒤늦게 찾아온 죄책감일지도 모른다고 생각했다. 처음에 건우를 보며 느낀 감정은 이질감, 나와는 다른 누군가에 대한 낯섦이었다. 그러나 시간이 갈수록 단 한 번도 느껴보지 못한 온도의 행동들에, 결여된 어느 한구석이 다시금 드러났다. 단순히 답답하다고만 생각했던 것이 무뎌진 감정이 되돌아오는 과정이라고 생각하니 그동안의 혼란을 이해할 수 있었다. 나는 무너지고 있는 건우를 보고 마지막으로 붙잡을 기회라 생각하며 말했다. 되돌려 놓겠다는 나의 말에 건우는 화가 난 건지 슬픈 건지 주먹을 꽉 쥐며 돌려놓으라고 말했다. 말 한 자 한 자에서 눌러 담은 감정들이 느껴졌다. 되돌려 놓겠다는 말을 한 건 나지만 어디서 비롯된 다짐일지 그 경계가 모호했다. 뒤늦은 죄책감일지 모순되다 못해 어이없는 정의감일지 알 수 없었다.

수없이 여러 번 오갔던 길이지만 다가오는 느낌이 달랐다. 저 멀리서 떠오르는 태양이 걷고 있는 나와 건우의 그림자를 만들게 했다. 마침내 집단 건물의 그림자가 우리의 그림자를 삼켰다. 지긋지긋하게만 다가오던 건물 앞에서의 긴장감이 다른 방향의 떨림을 자아냈다. 철창을 흔들자 쇠 특유의 날카로운 소음이 울렸다. 조금 뒤 허름한 건물의 입구에서 졸고 있던 집단의 간부 한 명이 다가왔다. 피곤해 보이는 얼굴로 다가온 남자는 익숙하게 건우를 데려가려다 내 손에 제지당했다. 건우에 대해 자세히 묻기 전, 나는 우리 둘을 의문스러운 얼굴로 쳐다보는 남자보다 먼저 선수쳐 말을 뱉었다. 나는 약속과는 달랐던 행동과 요즘 사람들을 데려오기 얼마나 힘든 줄 아냐는 불평을 늘어놓았다. 남자는 내 얘기를 듣다 짜증스럽게 머리를 털며 물었다.

"그래서, 원하는 게 뭐요? 협상이라도 다시 하겠다는 거요?"

나는 불만을 얘기할 때의 얼굴을 거두고 미소를 띠었다.

"협상이든 뭐든, 우선 그분이랑 대화를 하고 싶은데요."

남자는 우리를 몇 초간 바라보다 건물 안으로 안내했다. 남자를 따라 건물로 들어서며 주변을 둘러보았다. 이른 아침이라 간부 대부분은 잠들어 있는지 깨어 있는 간부는 우리를 안내해 주는 남자 한 명과 지하철역 앞의 한 남자만 있었다. 건물 안으로 들어가자 1층은 갖가지 무기들로 차 있었다. 총 몇 자루와 파이프 몇 개들, 못이 박힌 야구 배트들이 주류를 이루었다. 2층을 올라가자 스무 명 정도가 부대껴 자고 있었다. 군복은 벗고 얇은 패딩만을 입은 상태였다. 춥지 않은 내부에 여러 의문이 생겼지만 묻어둔 채 3층 계단을 올랐다. 3층 문을 열면 선한 인상의 남자가 있을 것이다. 문이 열리기 직전 나는 앞장서 걷던 남자의 뒷목을 빠르게 가격했다. 남자는 갑작스러운 충격에 고통을 외칠 새도 없이 쓰러졌다. 첫 번째 도박은 성공이었다. 쓰러진 남자를 3층 문 앞에 기대 세워 둔 뒤 나는 건우와 1층으로 내려갔다. 눈에 보이는 무기가 될 만한 것들은 전부 챙겨 나갔다. 군대에 다녀온 내가 권총 한 자루를, 권총 쏘는 방법을 모르는 건우는 파이프를 손에 쥐었다. 건물을 나가서는 나는 건물의 뒤쪽으로, 건우는 지하철역을 곧바로 향했다. 순찰하던 남자가 건우를 발견하고 무기를 내려놓으라고 소리쳤다. 건우에게 정신이 팔린 덕분에 자칫하면 들릴 수 있던 내 인기척이 들리지 않았고, 나는 남자의 등 뒤에서 머리를 조준하였다. 남자는 귀 바로 뒤에서 들리는 장전 소리에 겁을 먹어 총을 내려놓았다. 두 번째 도박도 성공이었다. 나는 시계를 확인하며 남자에게 지하철역 내부의 안내를 독촉했다. 앞으로 10분이상 시간을 지체한다면 이상함을 눈치 챈 우두머리와 함께 간부들이 몰려올 것이다. 나는 아까보다 빠른 걸음으로 이동했다. 지하철역 내부는 가히 충격적이었다. 처음으로 눈으로 뒤덮인 세상을 봤을 때와 비슷한 충격이었다. 어림잡아 백 명쯤 되는 사람들이 두 그룹으로 나뉘어 노동 중이었는데, 전철이 다니지 않는 곳에는 겉보기에도 무거워 보이는 쇠 덩어리를 남자 여러 명이서 이를 꽉 물고 왼쪽으로 비틀고 있었다.

쇠 덩어리에 붙어 있는 손잡이는 얼마나 세게 잡았는지 손 모양대로 고스란히 닳아있었다. 철도가 있던 곳에는 흙이 가득 차 있었다. 흙 위로 돋아난 잎줄기들이 보였다. 내가 사람들을 넘길 때마다 보상으로 받던 옥수수의 잎이었다. 옥수수를 기르는 일은 여자와 어린아이들이 도맡아 하고 있었다. 쇳덩이가 한 바퀴를 돌 때마다 철도 위에 설치된 임시 조명이 쨍하게 빛났다. 태양과도 같은 조명에 땀을 흘리면서도 그 공간을 차마 벗어나지 못하는 사람들이 눈에 들어왔다. 나는 그 모습을 보고 나서야 건물 안이 따뜻했던 이유를 알 수 있었다. 두 그룹의 공통점이라면 잘 씻지도, 먹지도 못했는지 악취를 풍기며 드러난 살 위엔 뼈가 튀어나왔다. 그 광경을 두 눈으로 직접 보고 있자니 누가 그들을 이런 지옥보다 못한 곳으로 밀어 넣었는지 실감이 나 토할 것 같았다. 역함은 나에 대한 감정이었다. 차마 앞을 제대로 보지 못 하고 고개를 돌리자 절망적인 표정을 하고 있는 건우가 보였다. 광경을 아무 말도 못하고 지켜만 보고 있던 건우는 갑자기 남자를 지나쳐 뛰어가 소리치기 시작했다.

"연우야!"

목소리의 떨림이 건우가 얼마나 간절한지를 보여주었다. 누군가를 부르는 소리에 일을 하던 사람 모두가 우리 둘을 쳐다보았다. 건우는 자신을 보는 시선 가운데서 단 한 사람만을 찾고 있었다. 나는 건우의 모습을 바라보다 곧 계획의 마무리 단계에 돌입했다. 나는 큰 소리로 말했다.

"모두 여기서 나가요!"

사람들은 의심스러운 표정 반, 어리둥절한 표정 반으로 나를 쏘아보았다. 내가 앞에 있는 간부에게도 똑같이 소리치도록 하자 그제야 푹 꺼진 얼굴들에 희망이라는 생기가 보였다. 사람들은 각자 하고 있던 일을 멈추고, 지하철의 입구로 달려갔다. 가장 앞 쪽에 있던 사람이 계단을 오르기 직전이었다. 사람들이 채 나가기도 전에 간부 여럿과 같이 내부로 들어온 우두머리가 화를 주체하지 못하고 날뛰었다. 사람들을 잡으라는 명령을 받은 간부들이 서서히 다가오자 사람들의 희망은 금세 사라지고 공포만 남아 뒷걸음질쳤다. 세 번째 도박은 실패였다. 사람들이 다시 뒷걸음질로 내 뒤까지 되돌아갔을 때, 내 발 앞으로 가방이 던져졌다. 해진 가방 안에서 우르르 쏟아졌다. 해진 가방은 건우가 들고다니던 것이었다. 뒤를 돌아보자 어린 여자아이를 소중하게 안고 있는 건우가 보였다. 나는 다시 한번 소리쳤다.

"모두 무기를 잡아요!"

사람들은 뒷걸음질을 멈추고 간부들을 보았다. 군복도 입지 않은 채 급히 뛰어온 모양새였다. 내 뒤에 있던 한 여자가 가장 먼저 바닥의 야구배트를 들어 보였다. 거칠 게 없다는 듯 성큼성큼 걸어가자 간부들의 얼굴에 당혹감이 눈에 띄게 보였다. 간부의 표정을 알아차린 다른 사람들도 무기를 주워 걸어 나가기 시작했다. 앞을 향해 걸어가는 여자가 낯익다고 느낄 때, 여자의 뒤에서 옷자락을 쥐고 있는 남자아이가 보였다. 여자는 몇 년 전보다 훨씬 살이 빠졌고 때가 묻은 모습이었지만 확실히 알 수 있었다. 일가족의 엄마였다. 무기를 들고 뛰어가는 사람들의 무리에 간부들은 당황하며 서로의 눈치를 보다 지하철역 밖으로 도로 뛰어나갔다. 모두가 나간 뒤 지하철 역 안에는 나와 건우, 그리고 건우의 여동생이 남아 있었다. 나는 심호흡을 하고 계단을 올라갔다. 지상으로 올라오자 간부들의 모습은 보이지 않았다. 대신 오랜 시간 끝에 다시 본 태양에 넋을 놓은 사람들이 보였다. 내가 해야 할 사죄와 책임은 결코 끝나지 않았다. 얼마나 어떻게 되갚아야 할지 감히 상상도 안 갔다. 날씨 또한 전혀 나아지지 않았다. 여전히 눈은 내리고 있고, 미래가 어떻게 흘러갈지 알 수도 없다. 그럼에도 새로운 날은 밝았고, 우리는 오늘 또 한 번 새로운 세상과 마주했다.

객
충

조서영

언제부터였더라, 머리랑 손에 딱지가 앉을 정도로 긁는 습관이 생겼던 게. 기억도 안 날 정도로 한참 전이었던 것 같은데, 5년 전부터였던가. 그래, 아마 그때쯤이었겠구나. 이런 습관을 지니게 된 것도, 날 이렇게 물들인 그 아이를 만난 것도, 아마 그때쯤이었겠어.

아주 흐린 일요일이었다. 회색빛 구름이 햇살 한 점 볼 수 없게 다 가려버려서인지 그날은 유독 몸이 더 간지러웠다. 습기 때문인지 평소엔 보이지도 않던 곰팡이도 군데군데 피어 있었고 어째서인지 죽은 벌레가 여기저기에서 발견됐었다. 그래, 지금 생각해 보니 참 이상한 날이었다. 자주 신던 슬리퍼가 썩어 들어가질 않나, 갑자기 미끄러져 넘어지질 않나, 희한하게 발등부터 간지럽질 않나. 원래라면 잘 일어나지도 않았을 일들이 그날은 왜인지 한꺼번에 일어났다.

나는 일요일 오후마다 예능 프로그램을 빠짐없이 본다. 그날도 역시 소파에 누워서 예능 프로그램을 보고 있었고 역시 습관처럼 머리를 긁었다. 긁는 도중 생긴 피딱지가 거슬리긴 했지만 크게 신경 쓰진 않았다. 긁다가 딱지가 떼어졌을 때, 그때 그 눈물이 고일 정도의 따가움. 난 그걸 즐기고 있었다.

　프로그램이 끝나갈 때쯤, 난 이번 주 예능이 정말 재미없다고 느꼈다. 예능에 나오는 게스트들은 인지도 없는 배우였고, 그들은 처음 나온 예능에 적응하지 못하고 프로그램의 고정 멤버들을 겨우 따라가고 있었다. 어떻게든 자기 분량을 채우려고 하는 모습이 보기 싫어서 난 방송을 보다 다른 채널로 돌려버렸다.

　채널을 돌린 후, 넋 놓듯 방송을 보고 있었는데 이상하게 발등이 간지러웠다. 간지러울 땐 보통 머리부터 간지러웠는데, 이상한 일이었다. 다른 누군가라면 발등이 간지럽다 해서 놀랄 일도 아니겠지만, 5년간 항상 머리부터 간지러웠다면 이상할 만도 할 거다. 난 드디어 이 고통에서 벗어날 수 있다고 생각했다. 5년간 끝나지 않던 원인불명의 간지러움이 드디어 발등부터 간지러우면서 피딱지 가득한 머리는 이제 쉴 수 있을 거라고. 원인 모를 간지러움이었지만 병원을 가면 뭐라도 알 수 있지 않을까 하며, 설레는 마음으로 병원을 가기 위해 옷가지를 챙길 때였다. 옷가지에서 날린 털실 하나 때문이었는지, 발끝에서 간질거리는 느낌이 들었다.

　발등에서 다리로 다리에서 배 쪽으로. 무언가 기어오르는 느낌, 여러 개의 다리를 가진 벌레가 올라오는 느낌. 불안한 감정에 휩싸이는 건 한순간이었다. 다리털 사이사이를 벌레가 헤집고 다니는 것만 같았다. 그러다 그 느낌이 갑자기 끊어진 건 배꼽쯤이었다. 기분 나쁜 느낌이 사라지자 별거 아니라는 듯 대수롭지 않게 생각했다. 그러고서 나가려고 현관문 손잡이를 잡은 순간이었다. 뱃속에서 돌덩이가 내려앉은 듯 갑작스러운 고통에 그대로 주저앉을 수밖에 없었다. 손잡이를 잡은 손도 어느새 배를 잡고 있었고 속은 계속해서 메스껍게 니글거렸다.

　무언가가 위로 올라온다. 위장을 타고 와 식도를 거쳐 입 밖으로. 나는 바로 화장실로 달려갔다. 정신을 차릴 새도 없이 변기 뚜껑을 열고 고개를 숙였다. 거울을 보니 진득한 점액 같은 게 입에서 흘러내리고 있었다. 변기 물에 한 방울씩 떨어지던 투명한 점액은 점점 어둡게 변해 가더니 시커먼 색으로 변했다. 식도에서 무언가가 발버둥을 쳐 그 간지러움에 목이 타들어 가는 느낌이었다. 할 수 있는 짓이라곤 구역질밖에 없어서 새빨개진 눈에 눈물이 떨어질 때까지 개수대를 잡고 버텼다.

무언가 점액에 미끄러져 나와 그대로 변기통에 빠졌다. 진득한 검은 점액 사이에서 살려고 아등바등하며 비집고 나오는 건 다리 많고 털 많은 벌레였다. 아주 새까맣고 반들거리는 벌레는 그렇게 점액을 헤집고 나와 유유히 변기에서 올라왔다. 멀리서 볼 땐 꽤 커 보였는데 가까이서 보니 크지도 않고 작지도 않은 손바닥 안에 들어갈 만한 크기였다.

내가 벌레를 뱉었다. 뱉고 나선 끔찍한 기분의 당혹스러움에 변기 물을 내리는 것도 잊고 안방으로 달아나버렸다. 난 구토 때문에 불안정한 호흡을 깊게 들이마시고 다시 내뱉었다. 벌레는 화장실에서 나와 거실을 돌아다니고 있는지, 문밖에선 사삭거리는 소리가 끊임없이 났다. 차라리 이게 환청이고 아까 본 것도 모두 환각이면 좋겠다는 생각밖엔 나지 않았다.

문밖의 소리는 내가 깊게 호흡을 들이마시는 사이, 어느새 끊겨 들리지 않았다. 난 묘한 호기심에 문을 살짝 열어 볼 수밖에 없었다. 문밖은 무슨 일이 있었냐는 듯 고요했다. 하지만 이 불안감은 떨쳐 낼 수가 없었다. 조심히 발을 옮기는데 바닥에 뭐가 있었는지 미끄러져 넘어졌다. 발바닥을 보니 엄지발가락 쪽에 시커먼 게 껌처럼 늘어져 있었다. 아무래도 그 벌레가 여기를 지나간 것 같다. 휴지를 찾으려 뒤를 돌아보는데, 아까 봤던 그 시커멓고 반들거리는 벌레가 미동도 없이 날 정면으로 응시하고 있었다.

벌레다. 죽여야지. 휴지를 손에 말아 벌레를 죽이려고 가까이 다가갔다. 벌레는 더듬이만 움직일 뿐 피하겠다는 생각은 없어 보였다. 휴지에 벌레가 닿았다. 그런데도 전혀 움직임이 없다. 죽은 걸까, 그러기엔 더듬이를 너무 잘 움직인다. 이때 난 벌레의 눈을 보았다. 눈이라고 하기엔 몸 자체가 까매서 그게 정말 눈이었는지도 잘 모르겠다. 그렇게 우린 마주쳤다. 그때 아마 우린 교감이란걸 한 것 같다. 벌레의 눈은 자신을 죽이지 못할 거라는 확신에 차 있는 것만 같았다. 난 결국 벌레를 죽이지 못했다. 하지만 직감적으로 알아챘다. 넌 내가 만든 생명이고 내가 널 길러야 한다는 걸. 그게 아마 우리의 운명일 것이라는 걸 말이다.

학교에 가야 하는데 벌레가 눈에 밟혔다. 저 작은 몸으로 집안을 누비다가 몸이 으스러지기라도 한다면 내가 슬퍼질지도 모를 것 같았다. 몰래 들고 나간다면 내가 불안해지진 않겠지만 학교에 들고 가자니 아무래도 영 찝찝해서 들고 가야겠다는 확신이 안 들었다. 그래서 난 벌레에게 선택권을 줬다. 말소리를 알아들을 수 있을 진 모르겠지만 날 따라오고 싶으면 그렇게 하라고 했다.

벌레는 날 따라오지 않았다. 가는 동안 내내 뒤를 돌아보았지만, 개미 한 마리도 보이지 않았다. 나는 꽤 벌레가 따라오길 바란 것 같았다.

수업은 지루했고 시간은 느리게 흘러갔다. 수업 시간 동안 앞자리에서 쪽지를 주고받으며 떠드는 아이들이 거슬렸다. 하필 자리도 제일 뒤인지라 아이들이 뭘 하는지가 다 보였다. 나 빼고 다들 쪽지를 주고받는 것 같았다. 애초에 내가 그 아이들 사이에 끼일 수 있으리라고 기대한 내가 잘못이었다.

책상에서 가방으로 굴러떨어진 볼펜을 찾느라 가방 이곳저곳을 뒤져보고 있었다. 반들거리는 게 느껴지자 바로 가방에서 꺼냈다. 벌레였다. 난 아이들이 볼까 봐 벌레를 서랍 안으로 숨겼다. 벌레는 말소리도 알아들을 수 있는 모양인가 보다.

벌레는 어둡다는 듯이 서랍에서 나와 어디론가 가버린다. 수업 시간이라 움직일 수도 없어서 난 벌레가 저쪽 한편으로 사라지는 걸 보고만 있었다. 어디론가 사라져버리긴 했지만, 걱정은 되지 않았다. 벌레는 날 찾으러 올 거라는 근거 없는 확신이 들었다. 하지만 난 그때 벌레를 그냥 가도록 내버려 두진 말았어야 했다.

체육 시간이었다. 수행평가도 마쳐 시간이 넉넉하자 아이들은 운동장 곳곳에 흩어져 서로 이야기 나누느라 정신이 없었다. 체육 선생님도 혼자만의 시간을 가지며 여유롭게 운동장 트랙을 따라 걷고 있었다.

정각쯤 되자 저 멀리서 여자아이의 비명 소리가 들려왔다. 흩어져 있던 아이들은 갑작스러운 소리에 놀라 모두 한곳으로 모여들었다. 비명을 지른 여자아이는 목을 손으로 감싸고 있었다. 옷이며 바닥이며 곳곳에 빨간 자국이 방울 튄 듯 묻어 있었다. 선생님은 모여 있던 아이들 사이를 비집고 여자아이를 부축했다. 아이는 선생님의 팔을 잡고 겨우 일어나 걸었다. 언뜻 보기엔 손으로 감싸고 있던 부위가 살점이 뜯겨나간 듯 깊게 패인 것 같았다.

"무슨 일이야?"

반 아이들은 그 여자아이와 함께 있던 아이들에게 물었다. 그 아이들도 놀랐는지 한동안 말을 쉽게 이어나가지 못했다.

"모르겠어, 근데 갑자기 비명을 지르더라. 보니깐 아예 살점이 뜯겨나 갔던데. 뭐랄까, 그래. 뭐에 물린 것 같았어."

흥분한 반 아이들을 진정시키려 앉아 있던 아이가 천천히 말을 꺼냈다. 다들 충격적이지만 궁금하긴 한지 수업 시간엔 보여주지 않던 집중력을 여기서 보여줬다.

"물렸는데 살이 뜯겨나가? 무슨 말도 안 되는 소리야. 애초에 그렇게 짧은 시간에 물리는 게 말이 안 되지 않아?"

옆에 서 있던 아이가 반박했다. 말하던 아이도 더 이상 말을 이어가지 못했다. 아무도 이 말에 대해 반박할 사람이 없었기에 비명을 지른 그 여자아이가 오기 전까지 이 사건에 대해 누구도 입을 떼지 않았다. 그런데 난 왜 그때 벌레가 떠오른 걸까. 날 응시하던 벌레가 머릿속에서 잊히지 않았다. 불안한 마음에 난 어수선한 틈을 타 벌레를 찾으러 갔다.

벌레를 찾으러 학교 뒷마당 산책길까지 갔다. 여름의 나무들답게 잎이 무성했다. 이래서는 벌레를 찾기 어려울 것 같았다. 나무 안쪽까지 뒤지던 중 머리를 한 갈래로 묶은 한 아이가 벤치에 앉아 하늘을 보고 있었다.

"너 수업 시간에 여기서 뭐 해?"

벌레를 찾고 있던 나에게 그 아이가 말을 걸었다. 아이는 햇볕에 탔는지 피부가 까맣게 그을려 있었다.

"넌 여기서 뭐 하는데."

아이는 내 말에 미소를 보였다. 그리고 자기 옆 빈자리를 향해 손짓했다. 나는 손짓에 따라 그 아이의 옆에 앉았다.

"하늘을 보고 있어. 넌, 뭘 찾는 거지? 이를테면, 까맣고 반들거리는 건가?"

아이의 말에 놀라 가만히 있었다. 아이는 내 표정이 웃긴다는 듯 입을 손으로 가리고 웃었다.

"그렇게 큰 벌레는 처음 봤어. 가까이 가니깐 바로 도망치더라. 그런 벌레는 학교에서 본 적이 없었는데."

몇 분 동안 아이와 이야기를 나누며 이 아이는 누구보다도 맑고 하얀 아이라는 생각이 들었다. 때 묻지 않은 순수함이 나오는 전혀 다른 부류의 아이였다. 한참을 얘기하다 잊고 있던 벌레 생각에 난 인사도 채 못하고 급히 자리를 떴다.

벌레는 학교 창고에서 볼 수 있었다. 가까이 오라는 내 손짓에 벌레는 많은 다리를 움직이며 다가왔다. 가까이서 본 벌레의 다리털에는 빨간 자국이 묻어 있었다. 아까 그 아이를 물었던 게 정말 이 벌레인 모양이다. 심지어 아까까지만 했어도 자그마했었는데 이젠 가방에 거는 인형 열쇠고리보다도 더 커졌다. 벌레는 뭔가를 먹었을 때 크기가 커지는 것 같다. 아침에 배고플까 봐 채소도 좀 챙겨주었는데 안 먹는 걸 봐선 고기를 좋아하는 것 같다. 아무래도 오늘 저녁으론 고기를 좀 사야 할 것 같다.

소파에 누워 편안한 자세로 휴대폰을 꺼내 들었다. 벌레도 소파에 기어 올라와 내 옆에 붙어 앉았다. 요즘은 또 라이브 방송이 유행인지라 영상 채널 곳곳에 온 에어를 표시하는 마크가 붙어 있었다. 난 평소에 즐겨보는 채널이 없었기에 시청자가 가장 많은 방송을 들어가 보았다. 내가 들어간 그 방송에선 노출이 심한 한 여자가 시청자들의 부탁에 맞춰 춤을 추고 있었다. 이 채널의 주 컨셉인지 방송이 끝날 때까지 춤을 추었다. 난 이 방송을 보자마자 더럽다고 생각했다. 노골적인 춤을 옹호하는 시청자나 그거에 맞춰 춤추는 사람이나, 이 영상이 시청자가 가장 많다는 것마저 더러웠고 올라오는 수준 낮은 댓글들도 더러웠다.

여자가 춤을 끝내자 벌레는 더듬이를 움직이더니 슬며시 휴대폰 쪽으로 기어갔다. 벌레는 액정에 다리를 대 보더니 이내 휴대폰 속으로 사라졌다. 벌레가 사라지고 난 후에 보이지도 않을 정도로 빠르게 올라오던 댓글들의 속도가 점점 줄기 시작하더니 더 이상 올라오지 않았다. 마지막으로 댓글이 올라온 후, 벌레는 휴대폰 액정을 뚫고 기어 나왔다. 얼마나 커졌는지 기어 나오기가 쉽지 않아 보였다. 벌레가 지나간 액정은 빨간 자국으로 물들어 있었다. 벌레는 저녁을 맞이해 만찬을 즐기고 온 모양이다.

몇 가지 추측을 해본 결과, 벌레는 사람을 주식으로 삼는 것 같다. 그렇다고 아무나 먹는 것은 아닌 것 같았다. 그러니깐 내가 싫어하는 사람. 이때껏 벌레는 내가 싫어하는 사람들만 물었다. 처음 물린 그 아이는 나를 빼고서 반 아이들과 쪽지를 주고받는 걸 시작한 아이였고 다음은 수준 낮은 댓글들을 쓰던 시청자들이었다. 이게 정말 사실이라면 난 어쩌면 신에게 축복받은 아이일지도 모른다. 그 축복의 형태가 벌레라지만 아무렴 어떤가, 난 이제 싫어하던 자들을 복수도 할 수 있고 눈앞에서 당장 치워버리는 것도 가능한데. 게다가 난 이 벌레를 뱉고 나선 더 이상 신체가 간지럽지도 않다.

벌레는 날 응시하고 난 벌레를 응시했다. 너도 나와 같은 생각일거란 걸 안다. 사람을 먹는다 해서 결코 나쁜 것만이 아니란 걸. 사회에 해가 되는 자들은 없어져야 마땅한걸. 내가 싫어하는 자들이라곤 했지만, 그들은 결코 잘한 행동을 한 건 없었으니깐.

심장이 빨리 뛴다. 양심의 가책 때문인지 기대 때문인지는 잘 모르겠지만 후자일 것 같다는 생각이 든다. 무섭기도, 겁도 난다만 벌레 누군가를 잡아먹는 걸 못하게 할 생각은 전혀 없다.

여전히 그 벤치엔 아이가 앉아 있었다. 한 갈래로 가느다랗게 머리를 땋은 아이가. 아이는 또 날 보며 미소를 짓는다.

"또 왔네? 그 벌레는 찾았나 봐? 저번보단 훨씬 커졌다."

나는 고개를 끄덕이곤 아무 말 없이 아이의 벤치 옆에 앉았다.

"벌레를 찾고 나니깐 네가 생각나더라. 너처럼 하얀 아이는 본 적이 없거든."

아이는 내 대답에 하늘을 쳐다봤다. 그러고 나선 벌레를 보았다. 아이는 벌레에게 미소를 지었다. 벌레는 흠칫거리며 내 뒤로 슬며시 기어들어 갔다. 벌레는 겁을 먹은 마냥 가만히 앉아 더듬이만 이리저리 흔들었다.

"저 벌레는 널 잘 따르는 모양이다. 네가 주인인가 봐?"

"응, 내가 만든 생명이야."

난 이 벌레를 만들었다는 데에서 꽤 자부심이 있었나 보다. 나도 모르게 벌레를 만들었다는 소리를 아무렇지 않게 해버렸다. 내 뒤에서 움츠리고 있는 벌레가 나는 너무 안쓰러워서 그랬던 걸지도 모른다.

"낯을 많이 가리나 봐. 어째 내 얼굴은 한 번도 보질 않네."

"아무래도 넌 벌레를 뱉을 것처럼 보이진 않으니깐."

아이는 이번에도 웃었다. 큰 눈에 하늘이 비치며 환하게 웃는 모습이 참 거슬렸다. 뒤에 숨은 벌레도 같은 마음인지 건지 자꾸만 더듬이를 흔들어댔다.

"그럼 내가 뭘 뱉을 것 같은데?"

아이의 말이 다 끝나기도 전이었다. 뒤에서 잠자코 숨어 있던 벌레가 내 머리 위를 뛰어오르더니 그 아이의 머리를 물었다. 벌레는 한 번에 아이의 머리를 물어뜯어 버렸다. 머리가 사라진 아이는 몸이 휘청거리더니 벤치 뒤로 떨어졌다. 그 아이는 참 기분 나쁘게도 피마저 하얀색이었다. 내 목을 자른다면 무슨 색이 나올까, 그때 그 진득한 검은 점액이 나오려나. 하얀 피가 뿜어져 나오는 목 없는 아이를 건드리면서 난 벌레에게 저 아이의 하얀 피가 보이지 않도록 몸통까지 마저 다 먹어 버리라고 했다.

언제부터였더라, 간지러워 긁는 습관이 생겼던 게. 기억도 안 날 정도로 한참 전이었던 것 같은데, 5년 전부터였던가. 그래, 아마 그때쯤이었겠구나.

몸이 간지럽기 시작한 건 5년 전부터였다. 그때 난 한 아이를 만났었다. 그 아인 뒷골목 쪽에서 쥐에게 곡식을 잔뜩 주며 환하게 웃던 아이였다. 우린 첫 만남부터 사투를 벌였어야 했다. 그 아인 쥐를 이용해 막힌 뒷골목 쪽으로 날 유인해 갔다. 난생처음 본 쥐에 혼비백산하며 뛰어가다 보니 난 결국 그 아이의 손바닥에서 놀아났다. 사방이 막힌 골목에서 난 어쩔 줄 몰라 하며 결국 주저앉았었다. 그때 쥐를 향해 돌을 던진 게 그 아이였다. 그땐 그게 다 계획된 것인 걸 왜 몰랐을까. 아이는 날 구해주는 척하면서 나에게 여럿 달콤한 유혹들을 제안했다. 그렇게 난 그 아이와 어울리게 되면서 점점 시커먼 색에 물들어진 것 같다. 그때 내가 그 아일 만나지 않았더라면 몸이 간지러울 일도 벌레와 만날 일도 없었을까.

하얀 아이를 죽여버렸다. 세상에 해가 가는 인간들만 먹어 치우는 거로 생각했는데 벌레는 누구보다도 흰 아이를 삼켜버렸다. 침대에 가만히 있는데 또 심장이 빠르게 뛰기 시작한다. 난 어떻게 돼먹은 인간인지 슬픔을 느끼거나 자책하는 건 없었다. 그저 불안함과 두려움에 손톱만 씹을 뿐이었다. 이젠 백 센티가 넘을 듯한 벌레가 내 옆으로 기어들어 온다. 불안에 떠는 날 안정을 찾도록 해주는 듯 복슬복슬한 털로 쓸어내렸다 올리길 반복했다. 고개를 돌리자 어린아이보다 큰 벌레와 눈이 마주쳤다. 벌레는 나에게 아무 잘못이 없다는 듯이 얘기를 해주는 것 같았다. 이젠 내가 벌레를 더 의지하나보다 난 벌레에 기대 잠을 청했다.

흰 아이를 죽이니 눈에 뵈는 게 없어졌나 보다. 벌레가 날뛰기 시작했다. 오늘 난 벌레에게 어린아이의 옷을 입히고 밖을 나갔었다. 벌레는 늘 얌전히 굴었으니 괜찮을 거라고 생각했다. 그런데 어떻게 이 벌레는 잠깐이라도 삐뚤어진 내 마음을 어떻게 그렇게 잘 아는지 잠깐 변화하는 1초의 기분에 따라 대화를 나누던 상대방의 운명이 결정됐다.
"벌써 5명째야. 그러다 네가 입은 그 옷, 작아서 찢어질 수도 있어."
벌레에게 단호히 말했더니 그 이후로 한 명의 피해자가 더 생기긴 했지만 진정되었다. 하지만 그땐 더 큰 일이 일어날 것을 알지 못했다.

정작 일이 생긴 건 그 다음날이었다. 이젠 벌레가 스스로 옷을 입을 만큼 지능도 발달하였고 커지기도 많이 커졌다. 난 교복을 입고 벌레는 체육복을 입었다. 벌레는 나와 같이 등교를 했다. 이젠 벌레가 무서워질 정도로 사람 흉내를 잘 낸다. 어디서 구했는지 긴 머리의 가발을 쓰고 후드 직업의 모자를 덮어쓴다. 다리도 스타킹을 신어서 털들을 감추고 손은 주머니에 넣어서 절대로 빼지 않는다. 자세히 보지 않으면 몰라볼 정도라 난 크게 신경 쓰지 않고 벌레의 등교를 허락해 주었다.
교실에 들어서자 벌레가 멈칫하며 섰다. 그러더니 가발 안에 숨긴 긴 더듬이를 꺼낸다. 더듬이를 요란스럽게 움직이더니 교실 문을 잠가버렸다. 아이들은 벌레의 그런 행동을 보지 못한 듯 신경도 쓰지 않았다. 벌레는 모자를 벗고 가발을 벗었다. 흉내 낸다고 낸 후드집업과 체육복도 모두 벗어 던지고 스타킹은 잘 안 벗겨지는지 구기면서까지 벗어냈다. 그런 요란스러운 소리에 아이들의 시선은 모두 한 곳으로 집중됐고 완전한 벌레의 모습을 본 아이들은 모두 얼어버린 듯했다. 벌레는 또 다시 더듬이를 움직이더니 빠른 속도로 아이들에게 달려들었다. 그걸 본 아이들은 온갖 비명을 지르며 도망을 다녔다. 피로 흥건해지는 교실을 보며 비로소 무언가 잘못됐다고 생각했다. 반 아이들이 싫었지만 난 이런 걸 바란 게 아니었다.

거울 속에 비치는 난, 반 아이들을 죽이고 시청자와 무고한 사람들, 하얀 아이를 죽인 저 벌레를 만들어냈다. 순간 난 그런 나 자신이 혐오스러웠다.

그 감정을 또 저 벌레는 잡아내 버렸다. 검은 눈으로 벌레가 나를 응시한다. 벌레가 천천히 더듬이를 움직이며 기어 온다. 난 날 혐오스럽다고 생각한 뒤에서야 아차 했다. 내가 날 싫어하게 된다면 벌레는 날 잡아먹을 수도 있다는 걸. 생각조차 안 해본 사실이라 난 반 아이들처럼 얼음이 되어버렸다. 벌레는 날 당장이라도 잡아먹을 듯이 날 벽 쪽으로 몰아냈다. 내 머리와 벽이 부딪치자 그제야 벌레는 다가오는 걸 멈췄다. 대신에 벌레는 내 이름표를 떼 갔다. 벗어둔 옷들을 입더니 벌레는 내 이름표를 달고선 문 밖으로 나가버렸다.

그렇게 난 벌레가 되어버렸고 벌레는 내가 되어버렸다.

8시
85
분

채형진

내가 근무하는 고등학교는 강남 8학군에서 최정상을 차지하고 있는 해영고등학교라는 곳이다. 이름만 대면 전 국민이 알 만큼 유명한 학교고, 4년 전 우리 학교의 1등은 기상천외한 성적으로 여러 번 기사화되어 나름 유명인이라 할 수 있었다. 그 아이는 전교 1등이라는 명목으로 특이한 생활패턴을 가지고 있었다거나 부모님의 전폭적인 지지를 받는 것도 아니었다. 그저 여느 고등학생들과 같은 시간에 등교하고, 밥을 먹고, 공부하고, 하교할 뿐이었다.

"수안인 수업시간에 필기도 제대로 안 하고 질문도 안 하는데 어떻게 그렇게 성적이 좋은지 모르겠어요."

"그러니까요. 저나 학생들이나 말을 걸어도 대답하지를 않으니 어떻게 해야 할지 모르겠어요."

"그래도 성적은 잘 나오니 미워할 수도 없고 말이에요. 10년 넘게 교직 생활하면서 저런 학생은 처음이에요."

*

질끈 묶어 올린 깔끔한 머리에 시대를 거스르는 네모난 뿔테 안경, 그리고 하얀색 손목시계를 하고 있는 저 아이가 바로 수안이다. 입학식 날부터 3분단 두 번째 줄 오른쪽 자리에 앉아 점심시간과 청소시간을 제외하곤 저 자리에서 한 발짝도 움직이지 않고 아무 말도 하지 않는다. 그저 수업이 시작되면 칠판을 바라보고 쉬는 시간이 되면 마치 로봇이 방전된 것처럼 엎드리지도 않고 가만히 눈을 감고 있을 뿐이었다. 수안과 아무도 없는 교실에서 잠깐 마주쳤을 때 아주 짧게 들은 음성이 내가 아는 수안의 목소리의 전부였다.

　"건드리지 마!"

　입학 직후 반 아이들에게 받은 자기소개서를 읽어보던 중이었다. 한창 지루해져 가던 참에 14번 학생 차례가 되자 황당함을 감출 수 없었다. 칸을 빽빽하게 채워서 제출한 다른 아이들의 자기소개서와는 달리 14번 학생의 것만 유난히 썰렁했다. 별 볼 것 없는 그 종이엔 이름, 부모님 전화번호, 그리고 좋아하는 것만 달랑 적혀 있었다.

　'이름: 정수안, 좋아하는 것: 하얀색 손목시계.'

　'추신: 내 하얀색 손목시계를 건드렸다간 그게 누구든지 가만히 안 둘 거예요. 난 분명히 경고했어요.'

　등골이 오싹해졌다. 보통의 아이들이라면 좋아하는 아이돌을 적던지, 아님 진부하게 가족들이라고 적던지 둘 중 하나였는데 그냥 손목시계도 아니고 하얀색 손목시계라니, 부족한 정보도 너무 많고 바로 개별 상담이 필요하다고 생각했다. 밋밋한 수안의 자기소개서에 몇 없는 글씨마저도 희미해서 잘 보이지 않는 하얀색이었던 그 종이를 내려놓고 당장 수안을 찾아갔다.

　"수안이 지금 반에 있니?"

　감고 있던 눈을 섬뜩하게 뜨며 날 바라보았다. 수안의 텅 빈 눈동자에서 무엇인지 모를 빛이 잠깐 반짝였다.

"오늘 점심시간에 선생님 잠깐 볼 수 있을까?"

수안은 잠시 생각을 하는 듯하다가 이내 고개를 끄덕였다. 십 초 남짓 수안에게 이야기를 건네면서 본 수안의 책상은 역시나 하얀색 학용품들로 덮여 있었다. 그 책상을 쳐다보고 있노라면 눈이 부셔 고개를 저절로 돌리게 될 정도였다.

*

점심시간이 되었다. 수안과의 상담 약속 때문이었는지는 모르겠지만 밥이 잘 넘어가질 않아 결국은 밥을 다 버리고 교무실에서 수안을 기다리기로 하고 교무실로 향했다. 하지만 놀랍게도 수안은 벌써 상담실 안에서 텅 빈 눈빛으로 날 기다리고 있었다.

"저, 수안아. 벌써 왔니? 밥은 안 먹었고?"

그저 정면만 주시하고 있는 수안이었다.

"오늘 선생님이 널 부른 이유는 다름이 아니라, 네 자기소개서가 너무 비어 있어서 말이야. 혹시 자소서를 못 적는 특별한 이유라도 있는 건가 싶어서. 말해줄 수 있을까?"

"……."

여전히 정면만을 주시하고 있었다. 묻는 말에 대답을 않는 수안에게 잠시 화가 났지만, 그저 새 학교에서의 첫날이라 낯을 가리는 거겠거니, 하며 수안을 곧장 교실로 보냈다. 그때의 나로서는 부모님께 전화를 해보는 수밖에 없었기에, 수안의 자기소개서에 적혀 있는 전화번호로 전화를 걸기로 했다. 그런데 특이점이 하나 있었다. 보통은 010으로 시작해야 하는 전화번호가 마음대로 아무 숫자나 써놓은 건가, 의심이 들 정도로 낯선 숫자들이 쓰여 있었다.

'865 1748'

왠지 스팸같아 보이는 전화번호에 개인 핸드폰으로 전화를 걸긴 꺼려져 학교 전화기로 전화를 걸었다. 당연히 없는 번호겠지, 하며 속는 셈 치고 걸어본 전화에 없는 번호라는 안내음은 들리지 않았다. 정상적인 번호로 전화를 걸 때처럼 무심한 연결음이 흘러나오기만 했다. 얼마 지나지 않아, '툭.' 수화기를 들어 올리는 소리가 나고서는 아무 소리도 들리지 않았다.

"여보세요? 혹시 수안이 부모님 되십니까?"

뭐라고 하는 건지 알아들을 수 없는 속삭임과 잠깐의 잡음 뒤에 굵직한 목소리가 들려왔다. 담담하고 지쳐 보이는 것이 꼭 콜센터 직원 같은 목소리였다.

"예. 제가 수안이 아버지 되는 사람입니다. 혹시 수안이한테 무슨 일이라도?"

"다름이 아니라, 수안이 자소서가 너무 비어 있어서 간단한 조사 차원으로 상담을 해보려고 했는데 대답을 하지 않아서요. 혹시 무슨 일이 있는지 여쭤보려고 전화 드렸습니다."

"아, 그 원래 그런 애니까 크게 신경 쓰지 않으셔도 됩니다."

"네……?"

"그리고 수안이 손목에 하얀색 손목시계 있지 않습니까. 그 시계 약이 다 떨어지면 아마 수안이가 기운이 쭉 빠져있을 텐데, 혹시 발견하시면 꼭 저한테 바로 연락주시면 감사하겠습니다. 경찰이나 응급센터에 전화하지 마시고 꼭 저한테만 제일 먼저 해주셔야 해요. 정말 꼭이요. 그럼 끊겠습니다."

난 듣고 싶은 대답을 듣지도 못했는데 엉뚱한 시계 약 이야기만 하고 전화를 끊어버렸다. 수안이 내 말에 대답하지 않은 건 어쩌면 집안 내력일 수도 있겠다는 생각을 했다. 찜찜했지만 어쩔 수 없이 수안은 미궁 속의 존재로 남겨두고 다음 자소서를 이어서 보는 수밖에 없었다.

*

그렇게 수안을 전혀 파악하지 못한 상태로 한 달, 또 한 달이 흘러 5월이 되었다. 아이들에게 고등학교 첫 시험이 2주 정도 남은 때였기에, 반 아이들이 공부는 열심히 하고 있는지 돌아보러 점심시간에 잠시 교실을 들렀다. 하지만 공부는커녕 삼삼오오 모여 수다를 떨기 바쁜 아이들이었다. 그럼 그렇지, 하며 뒤돌아서려는데 우리 반에서 제일가던 수다쟁이의 이야기가 귀에 의도치 않게 흘러들어왔다. 다름 아닌 수안의 이야기였다. 그렇지 않아도 수안과 다시 한번 상담을 해보려던 참이었는데, 안 그런 척하면서 그 이야기를 들어보기로 했다.

"정수안 있잖아. 요즘 기운 없어 보이는 거 너네도 느껴지지 않냐? 완전 초반에는 체육 시간에 엄청 열심히 하고 그랬잖아. 근데 요즘은 봐. 체육 시간에 늘어져 있기만 하고 혈색도 별로 안 좋아 보이고……. 또 하얀색으로 칠갑을 해놔서 더 창백해 보인다니까. 그리고 입학하고 며칠 안 됐을 때는 저렇게 까칠하지도 않았는데 요즘은 물건 하나 스치기만 해도 눈빛 작살나는 거. 너희도 봤지? 사실, 쟤 사이코패스라는 소문이 있어."

"뭐야. 나만 느낀 게 아니었네! 난 며칠 전에 개 손목시계 보고 내가 사려고 했던 거랑 비슷하길래, 나도 한 번만 껴보면 안 되겠냐고 했다가 눈빛이 아주 그냥, 죽는 줄 알았잖아."

"개 시계 엄청나게 애지중지하던데, 그게 뭐라고. 무슨 목숨줄이라도 되는 줄 알겠어~"

사이코패스, 손목시계, 목숨줄……. 나도 요즘 수안이 이상하다는 걸 어느 정도 짐작하고 있었지만, 아이들 사이에서도 저런 말이 나올 정도라면, 보통 일이 아니다. 바로 수안에게 가 상담 계획을 잡으려고 하는데, 정자세로 앉은 채 미동도 없이 눈을 감고 있는 수안을 왠지 모르게 건드릴 엄두가 나지 않았다. 마치 깊은 잠에 든 공룡을 보고 있는 듯한 심정이랄까. 많이 피곤한 듯 보였으니 상담 이야기는 컨디션이 괜찮아 보일 때 꺼내보기로 했다.

하지만 이 미련 곰탱이 같은 성격 때문에 상담할 타이밍을 놓치고 결국 2주가 흘러 시험 날이 되었다. 그 날도 어김없이 수안은 3분단 두 번째 줄 오른쪽 자리에 앉아 책을 뚫어져라 보고 있었다. 우리 학교는 온라인으로 시험을 보기 때문에 시험이 끝나면 바로 결과를 조회할 수 있었다. 고등학교 첫 시험이니만큼 긴장될 반 아이들을 응원하며, 시험이 끝나고 나서 결과를 조회했다.

'1등-정수안, 2등-김동영, …….'

1등. 수안이다. 동명이인도 아니고 오류도 아니고, 전교 1등이 우리 반 수안이다. 기쁜 마음에 다음 수업인 체육 시간이 끝나고 쉬는 시간이 되면 수안에게 이 사실을 알려줄 작정이었다. 엄청나게 기뻐하겠지, 수안의 함박웃음을 볼 수 있겠지, 기대하며 종이 치길 기다렸다. 수업시간이 끝난 시간, 갑자기 우리 반 회장이 급하게 뛰어오며 갑자기 날 불러세웠다.

"선생님! 큰일났어요. 지금 수안이가 운동장 한가운데에서 쓰러졌어요. 빨리 구급차 좀 불러주세요. 빨리요!"

"뭐?"

상태가 안 좋아 보인다 싶더니 결국은 일이 터지고 말았다. 벌떡 일어나 창문 밖을 보니 흙바닥 위에 온통 하얀색으로 빛나는 무언가, 저것은 과연 수안이었다. 떨리는 손으로 119에 곧장 전화를 걸었다.

"네, 119입니다."

"저, 여기 해영고등학교인데요…….

갑자기 떠올랐다. 수안의 아버님이 전화로 하셨던 그 이상한 말 말이다.

"경찰이나 응급센터에 전화하지 마시고 꼭 저한테만 제일 먼저 말해주셔야 해요. 정말 꼭이요."

사람이 쓰러진 상황에 바로 119에 신고하는 것이 마땅하지만, 그렇게 예시 상황까지 들어가며 신고하지 말라고 하신 이유는 다 있을 거라 생각했다. 지금 생각해 보면 옆자리 선생님께 119에 전화를 해달라고 부탁을 했어도 됐을 것 같은데, 난 그냥 뭔가에 홀린 듯이 아버님께 전화를 걸기로 했다.

"신고자분? 혹시 제 말 안 들리십니까?"

"아니요, 괜찮아요……. 상황이 괜찮아진 것 같네요. 죄송합니다."

결국은 119에 장난 전화나 한 셈이 되었다. 주체하지 않고 바로 아버님께 전화를 걸었다.

"여보세요? 저 수안이 담임입니다. 지금 수안이가 운동장에서 쓰러져 버려서 전화 드렸어요."

"아, 잘 부축해서 보건실에 눕혀주세요. 제가 지금 바로 갈게요. 119에 전화는 하지 마시고, 그리고 혹시나 약 먹이거나 링거 같은 건 맞게 하지 말아주세요. 저희 애가 면역력이 약해서……, 약 먹으면 열이 더 나더라고요. 그럼 지금 학교로 가겠습니다, 선생님."

보통 자식이 쓰러졌다고 하면 부모님들은 펄쩍 뛰면서 안절부절못하기 마련인데, 아버님의 목소리엔 전혀 당황한 기색이 없었다. 그저 당연한 일인 것처럼 학교에 찾아오겠다고 하셨다. 마침 수안이 보건실에 막 도착했다는 연락을 받아 곧장 보건실로 갔다. 보건실 침대에 누워 있는 수안의 모습은 허여멀건한 것이 미라가 누워 있는 듯 보였다. 한 치의 흐트러짐 없이 정자세로 누워 눈을 감고 있는 모습은 전혀 방금 쓰러진 사람처럼 보이지 않았다.

"선생님~. 수안이 담임선생님 맞으시죠?"

"아, 네. 수안이가 갑자기 쓰러져서요. 평소에 상태가 안 좋아 보이긴 했는데, 혹시 뭐 때문에 그런지 알 수 있을까요?"

"보통 쓰러진 경우에는 신체에 별다른 특이점이 보여지지 않아서 바로 원인을 찾아내긴 힘든데요, 특이점이 하나 있더라고요."

"무슨 특이점 말씀이신지……?"

"다른 부분은 멀쩡한데, 저기 손목시계 하고 있는 왼쪽 손목 부분이 엄청 뜨겁더라고요. 혹시나 해서 청진기 진찰도 해보고 맥도 짚어봤는데 요골동맥을 벗어난 부위에서도 도저히 맥이 짚이질 않더라고요……. 저도 이런 경우가 처음이라, 특정 부위가 뜨겁고 맥이 짚이지도 않는 거라면 병원에 한 번 가봐야 할 것 같은데요."

보건 선생님의 말씀을 듣곤 수안의 손목을 살피러 갔다. 수안의 아버님이 시계 약이 다 되면 기운이 쭉 빠져 있을 거라고 했는데, 역시나 시계가 흐르지 않고 멈춰있었다. 수안이 이 시계에 애착이 엄청나구나, 하는 정도로만 생각했다.

마침 수안의 아버지로 추정되는 분이 보건실에 들어오셨다. 전화로 들은 신사적인 말투에 반해 아버님의 용모는 공사현장에서 먼지 한 바가지를 뒤집어쓰고 온 것처럼 초라했다.

"안녕하세요, 제가 수안이 아버지인데요. 수안이 지금 바로 데려가도 되겠죠?"

"아, 네. 수안이는 제가 따로 병 조퇴 처리해놓겠습니다."

"네. 감사합니다."

남루한 차림의 아버님은 누워 있는 수안을 부축해서 가기보다는 들쳐업고 간다는 말이 더 어울릴 정도로 이삿짐 운반하듯이 수안을 데리고 나갔다. 왠지 꺼림칙했다.

*

다음 날이 되었다. 회복이 아직 안 되었는지 수안은 학교에 나오지 않았다. 새 학기가 되고 난 후 처음 보는 수안의 빈 책상엔 깨알 같은 글자가 촘촘하게 새겨져 있었다. 첫 교시가 이동 수업인 반 아이들을 보내놓고 수안의 빈 책상으로 가 그 깨알 같은 글자들을 읽어보았다. 보통 책이 올려져 있어 잘 보이지 않는 중간 부분에 새겨진 그 글자를 읽는 순간 온몸에 소름이 돋았다.

'날 건드리지 마. 날 건드리지 마. 날 건드리지 마. 날 건드리지 마. 날 건드리지 마.'

무슨 병에라도 걸린 것처럼 그 소름 돋는 말이 빼곡하게, 그것도 한 치의 흐트러짐 없이 줄을 맞춰 적혀 있었다. 이런 아이를 두고 전교 1등이라 하면 아무도 믿지 않을 것 같았다.

"날 건드리지 마!"

수안이 나뿐인 교실에 소리 없이 들어와 소리쳤다. 단 한 번도 흥분한 모습을 보이지 않았던 수안이 책상이며, 의자며 다 쓰러트리면서 달려와서는 수안의 빈자리에 앉아 있는 날 끌어내리곤 가방으로 책상을 가렸다. 급하게 그 글자들을 가리곤 안심했는지 정자세로 의자를 고쳐 앉고 가만히 눈을 감았다. 그렇게 말 한마디 못 걸어보고 교실을 나갈 수밖에 없었다.

수안의 책상에 새겨진 그 문장을 계속 생각하며 교무실로 들어갔다. 기운이 쭉 빠지면서 무기력해지는데, 선생님들이 수군거리는 소리가 들려왔다.

"선생님들, 무슨 일 있어요?"

"응. 마침 잘 왔어. 방금 뉴스가 하나 떴는데 어떤 미친놈이 속옷만 입고 뛰어다니면서 하얀색 스프레이로 온 동네에 낙서를 하고 다닌대. 근데 그 동네가 우리 옆 동네인 거 지? 도로며 건물이며 가리지도 않고 그 스프레이로 이상한 숫자 같은 걸 쓰고 다닌다던데. 1748이었나?"

"1748이요……?"

어딘가 낯이 익은 숫자였다. 이웃집 차량 번호판부터 도로명 주소, 은행 비밀번호까지 숫자 네 개로 된 건 모조리 다 회상해 봤다. 어디서 본

숫자인지 도무지 기억이 나질 않는 와중에 전화번호부를 살피고 있는데,

"찾았다. 1748."

다름 아닌 수안의 아버님의 전화번호다. 스팸 전화번호 같다며 전화 걸기를 꺼렸던 그 전화번호 뒷자리, 1748이다. 정말 우연이겠지, 하며 넘어갔던 순간들이 한두 번이 아니다. 뉴스에 나오는 저 미친 사람이 하얀색 속옷만을 입고 하얀색 스프레이를 들고 다니며 1748이라는 숫자를 쓰고 다니는 것이 수안과 수안의 아버님과 관련이 있을 것이라는 생각이 드는 순간, 정말 불쾌했다.

"어머. 선생님들~. 방금 뉴스에 나온 그 미친놈 보호자가 수습해갔대요. 저것 좀 봐요."

그 섬뜩한 일이 수습되었다니 그나마 불행 중 다행이었다. 뉴스 속보에서 속옷 바람으로 보호자에게 질질 끌려가는 그 사람의 모습이 보였다.

"뉴스 속보입니다. 5시 20분경 송비동에서 속옷 차림의 남성이 난동을 피우던 사건이 조금 전 수습되었습니다. 보호자로 추정되는 정 모 씨와 인터뷰 연결하겠습니다."

"일단 송비동 주민 여러분께 죄송합니다. 제 아들인데 정신 질환이 좀 있어서, 모두 제 탓입니다. 정말 죄송하게 생각합니다."

경악을 금치 않을 수 없었다. 지금 뉴스에서 인터뷰를 하고 있는 저 정 모 씨는 수안의 아버님이다. 보건실에서 마주쳤던 그 남루한 복장 그대로였다. 심지어 수안은 외동인 것으로 알고 있는데, 아들이라니. 있을 수 없는 일이다. 영화 같은 일이 나에게 일어나고 있었다.

"어머, 사람들 실시간 반응 좀 봐. 자기가 알고 있는 저 정 모 씨 자식만 한 열 명쯤 된다고, 완전 사기꾼 아저씨라는데? 저 아저씨한테 당하는 사람들이 한두 명이 아닌가 봐."

"맞네요. 저 숫자도 그냥 숫자가 아닌가 봐요. 검색해 보니까, 나가 죽으라는 뜻인데……?"

이제는 놀랄 것도 없었다. 거의 체념한 상태로 속는 셈 치고 수안의 아버님의 전화번호 앞자리도 검색해 봤다. 뒷자리처럼 또 다른 의미가 있을까, 싶어서 말이다.

'날 건드리지 마.'

수안의 책상에 적혀 있던 그 빼곡한 글자들, 그리고 내가 유일하게 들었던 수안의 말소리도 모두 날 건드리지 말라는 말이었다. 더는 우연일 뿐이라는 말에 모든 연결고리를 외면할 수 없었다. 하얀색과 1748. 그것들은 어쩌면 내가 생각하는 것보다 훨씬 더 많은 곳에서 씨앗을 뿌리고 다닐지도 모른다. 마치 바퀴벌레가 번식하는 것처럼 말이다.

1748 사건이 전국을 뒤흔든 다음 날, 학교에 출근했고 예상대로 수안은 학교에 오지 않았다. 뉴스에 보도된 내용과 수안의 평소 모습이 정말 비슷했기에 반 아이들도 수안이 그 사건과 연관되어 있는 건 다 아는 눈치였다. 조례를 마치고 교무실에 들어가니 역시 선생님들이 그 사건을 보도 중인 뉴스를 보고 계셨다.

"곧 세상이 망하려나 봐요. 그 미친놈들, 이젠 하나도 아니고 둘도 아니고, 저게 다 몇 명이야?"

"어제 뉴스 인터뷰에서 보호자라고 했던 그 사람이 만든 작품이라네요. 중국 비밀 기업 대표라는데, 한국에서 인생 정말 열심히 사는 사람들 육체를 납치해서 로봇으로 만들었대요. 그러고는 인간처럼 꾸며놓고서 주변 사람들 개인정보를 빼오는 거죠. 진짜 미친 놈."

"어머, 저기 좀 봐요. 저 하얀 것들 이젠 우리 동네까지 돌아다닐 작정인가 봐요. 다들 여기서 나가지 말아요."

온통 하얀색으로 뒤덮인 군중 속에서 한 여자가 내가 있는 쪽을 뚫어져라 쳐다보고 있었다. 나가지 말고 상황이 더 나아지길 기다려야 하는 때였지만 나가지 않을 수 없었다. 그 원망 가득한 눈빛을 나는 무시할 수 없었다. 미친 사람처럼 하얀 군중이 난동을 피우는 그 곳으로 뛰어가 원망 가득한 눈빛을 찾았다. 인류애를 상실한 그 텅 빈 눈빛을 찾아 헤맸다.

"선생님."

수안이다. 제대로 된 목소리는 한 번도 들어보지 못했지만 그 목소리는 수안이가 틀림 없었다. 목소리가 들리는 쪽으로 고개를 돌리니 꼬질꼬질한 하얀색 원피스를 입고 한 손에는 하얀색 스프레이를 든 채로 날 바라보는 수안이 있었다. 스프레이를 든 손에는 항상 차고 있어야 할 하얀색 손목시계가 없었다. 손목시계가 있어야 할 자리에는 불에 그을린 것 같은 자국 밖에 없었다. 주위에서 난동을 부리는 다른 사람들, 아니 다른 로봇들의 손목도 마찬가지였다.

"여기요."

스프레이로 끈적해진 손으로 나에게 조그마한 쪽지를 하나 주고서 수안은 그대로 떠나버렸다. 어깨는 축 처져 있었고 머리는 엉망이었다. 그 뒷모습은 마치 도축장에 끌려가는 돼지 같았다. 늘 메말라 있던 수안의 안에는 고철 덩어리밖에 없겠지만 저 깊은 곳 아직 남아 있는 수안의 자아가 눈물을 흘리고 있었다. 다른 사람들의 눈동자도 그랬다. 자신이 쌓아온 모든 것을 잃고 미쳐버린 사람들의 눈빛이었다. 그들의 입과 손에서는 '1748'만이 반복될 뿐이었다.

수안이 건넨 쪽지에는 역시나 하얀색으로 숫자가 적혀 있었다. 밋밋한 종이 위에 희미해서 잘 보이지도 않는 그 숫자는 885였다. 885 역시 낯익은 숫자였다. 보건실에서 수안이 누워 있을 때, 약이 다 된 수안의 하얀색 손목시계가 알려주는 시간은 8시 85분이었다. 오류라고 생각했던 그 숫자의 의미를 이제야 알게 되었다. 떨리는 손으로 검색해본 '885'의 의미는,

'날 도와줘.'

천
구

허유나

***

지금 널 처음 봤던 날이 생각난다. 이제 갓 중등생 티를 벗은 아이들 사이에서 너는 자리에 앉아 책을 읽고 있었다. 고개 숙인 너의 얼굴보다도 펼쳐져 보이지 않는 책의 표지나 제목이 더 궁금했다. 네가 읽는 책을 뚫어져라 보다가 책장이 넘어가지 않아 네 얼굴을 쳐다봤다. 눈이 마주쳐 고개를 반대쪽으로 돌렸다. 조금 지나서 보니 넌 다시 책으로 눈을 두고 있었다. 이번엔 책을 세워 읽고 있었다.

***

"야, 우리 반에 전교 일등 있다는데?"
"또 어디서 근거도 없는 소문 듣고 왔냐?"
"찐이라니까, 방금 담임한테 들었어."
한나는 거짓말을 할 때면 오른쪽을 쳐다본다. 지금은 날 두 눈동자로 직시하고 있다. 잠시 정적이 있었고, 한나는 믿지 않을 테면 믿지 말라며 제 자리로 돌아가 앉았다.

곧이어 담임선생이 들어왔고 교탁 앞에 서서 "지금부터 성적표를 나눠줄 건데, 네가 몇 점이니, 내가 몇 점이니, 소란스럽게 하지 말고 가방에 딱 넣어라." 라고 했다.

"쌤, 저희 반에 전교 일등 있다는데요. 누구예요? 알려주시면 안 돼요?"

반에 꼭 있는, 나서기를 좋아하는 누군가의 질문이었다. 사실 모두가 저 질문을 할까, 말까 망설이고 있던 차였다.

"뭐, 숨겨야 할 일은 아니지만……."

선생님은 어느 한쪽을 쳐다보셨다. 개학식 날부터 지금까지 쉬는 시간마다 자리에 엉덩이 붙이고 책 읽고 있던 너였다. 모두의 시선이 일제히 그쪽으로 쏠렸다.

한바탕 일등 소동이 있고 나서는 다시 잠잠해졌다. 물론 교무실은 제외하고. 수업을 들어오는 교과 선생들마다 입이 닳도록 너를 칭찬했다. 선생들에게 죽도록 불리는 한도언, 그게 네 이름이었다.

한 학기 동안은 너와 말 한마디 안 했다. 먼저 말을 거는 타입은 둘 다 아니었으니까. 그렇게 서로의 존재만 인지하고 있던 사이였다.

***

여름 방학이 시작되었다. 보충이 2주 후라 2주 동안은 학교에 가지 않는다. 난 학교 신발장에 실내화를 두고 왔고, 그건 상태가 별로 좋지 못했다. 언제 교문이 닫힐지 몰라 걸어온 길을 다시 내달렸다. 교실 복도에 있는 신발장에서 실내화를 꺼내 가방에 쑤셔 넣고 있을 때, 널 봤다. 넌 여전히 체육복 차림이었고, 머리가 살짝 땀에 젖어 있었다. 다시 계단을 뛰어내려와 교문까지 달렸다. 너무 달려서 심장이 펌프질을 늦추지 않는다. 너와의 대면은 그게 다였다.

***

8월 28일, 네가 처음으로 내게 말을 걸어왔다. 용건 전달을 위한 대화가 아닌, 대화가 하고 싶어서 하는 대화였다.

"그 책 제목, '사슴'이야.

"뭐? 뭔 책 제목?"

"네가 궁금해 하던 책 제목 '사슴'이라고."

"널 지나쳐 보내고 그날 밤 나는 휴대폰 비밀번호를 0828로 바꾸었다.

***

도덕 시간에 토론 때문에 찬성, 반대 모둠이 생겼다. 조원끼리 의제에 대한 자료를 조사해서 토론을 진행할 거라고 했다. 너는 반대 모둠 조장이었고, 나는 찬성 모둠 조장이었다. 조장들끼리는 계속 연락하며 진행도를 확인하라는 선생의 말에 너는 내게 폴더 폰을 내밀었다.

"야, 미안한데 이건 전번 어디다 저장해야 하냐……."

"그냥 바로 누르면 내가 알아서 저장할게."

전화랑 문자만 가능한 폴더 폰이었다. 필요한 기능만 담은 기계.

"너랑 닮았네."

네가 웃는다.

***

"여보세요?"

"얼마나 진행됐어?"

"네가 먼저 걸었네."

"그러네."

정적.

"내일 바로 할 수 있을 정도로 준비됐어?"

"아니, 아직. 내일은 너무 일러."

"그래 그럼 또 연락할게. 네가 먼저 해도 되고."

"응."

정적.

"음, 내일 학교에서………."

"너 생일이 언제야?"

"10월 9일."

"그래. 잘 자."

비밀번호를 또 바꾸었다.

***

토론에서는 우리 모둠이 졌다. 자료량이 우리보다 훨씬 많았다. 그제 한 전화에서는 내게 아직 조사가 덜 끝났다고 시간을 더 달라고 했으면서, 비겁한 녀석.

***

한나가 너랑 사귀는지 물어봤다. 아니라고 대답했다. 네가 교실에 없는지 확인했다.

"아니, 그래 보여?"

"좀 많이? 근데 왜 웃어?"

"안 웃었어. 내가 왜 웃나?"

"방금 웃었으면서. 아무튼 알았어."

진짜 안 웃었다. 내가 웃는 상이라 그런 것 같다.

***

이번 시험 때 성적이 많이 떨어져서 어른들한테 잔소리를 들었다. 네가 1학기 중간고사에 전교 일등을 한 기억이 났다.

"야, 나 공부 좀 가르쳐 주라."

"공부는 가르쳐서 되는 게 아니라, 네가 해야 되는 건데."

"그니까 어떻게 하는지 알려달라고."

"알려주면, 나한테 좋을 게 뭔데?"

"돈 필요해?"

"그런 거 말고."

"성적 올라가면 내 휴대폰 비밀번호 알려줄게."

"그건 왜?"

"그냥. 네 고물 말고 내 폰 쓰게 해줄게."

"그러든지."

***

성적이 폭발적으로 오르진 않았지만 등수가 살짝 바뀔 정도로 오르긴 했다. 너랑 함께 걷는 하굣길에 내 성적표를 보여 주었다.

"조금이긴 해도 오르긴 올랐네."

"그러게."

"이제 비밀번호 알려줄 거야?"

"조금 더 걷다가. 너네 집 거의 도착하면, 그때 알려줄게."

"그러든지."

말없이 걸었다. 말은 없는데 시끄러웠다.

"이제 알려줘."

"친구."

"친구가 뭔데?"

"숫자. 나 간다."

너무 시끄러워서 빨리 집으로 가고 싶었다.

"잠깐만. 가지 말아 봐."

네가 내 손목을 붙잡았다.

"잘 자."

집까지 뛰었다. 고작 이 분 거리인데도 천 미터 달리기라도 뛴 것처럼 숨이 찼다. 여름 방학식날처럼 숨이 찼다.

***

"야, 도언이 여자친구 있다는데?"

이한나의 눈을 확인했다.

"그래."

"뭐야, 아무렇지도 않아?"

"내가 어때야 하는데?"

한나가 갑자기 미소를 짓는다.

"그럼 나 너한테 구라쳤더니 아무 반응 없었다고 도언이한테 말………."

"안 돼."

영악한 이한나.

***

우리들의 종업식, 삼학년들의 졸업식 날이다. 우린 이제 이학년이다.

"고등학교 들어온 지 얼마 안 된 것 같은데 벌써 이학년이냐. 한 것도 없는데……."

네가 조용히 날 응시하더니 특유의 딱딱한 어조로 대꾸한다.

"한 게 왜 없어."

네가 말을 하다 만다. 한 게 있는지 떠올려 보았다.

"공부밖에 더 했냐."

나도 널 봤다.

"등교도, 하교도, 공부도, 교실에 그냥 있는 것도 전부 나랑 했는데 뭐가 한 일이 없지?"

"너 원래 이런 캐릭터였나?"

***

아침부터 이한나가 누가 들으면 안 될 소리를 늘어놓는다.

"아니이-, 대체 언제 사귀는데? 너희 진짜 삽질도 적당히 해라. 우리 셋 또 붙여주신 거 보면 쌤들도 다 아는 듯."

"조용히 좀 해."

입술에 손가락을 가져다 대며 한나를 말렸다.

"뭘 조용해, 솔직히 한도언이 좀 네 취향이냐? 공부 잘하고, 잘생겼고, 딱 네가 좋아하는 범생이 스타일이잖아."

"다른 건 몰라도 그 놈 절대 범생이는 아니거든."

처음엔 나도 그런 줄 알았지.

***

별생각 없었다. 중학교에서 고등학교로 넘어왔지만 아무런 느낌도 없었고, 타인에게 관심을 가질 여유 따윈 내게 없었다. 입학식 날 선서를 외치고 내 자리로 돌아올 때, 꾸벅꾸벅 졸고 있는 널 봤다. '양아치 같은 녀석'. 그게 너에 대한 내 감상이었다.

교실로 돌아와 책을 읽었다. 모두가 쓸데없는 일들로 시간을 허비하고 있었다. 시끄럽고, 짜증났다. 그러다 노골적인 시선이 느껴져 그쪽을 봤을 때, 또 네가 있었다. 이번엔 내 책을 뚫어져라 보고 있었다. 난 그런 너를 보고 있었고, 우린 눈이 마주쳤다. 너는 황급히 시선을 돌렸고 책 제목을 궁금해하는 건가, 싶어 책을 세워 읽었다. 그냥 그러고 싶었다.

***

난 내 성미가 어떤지 잘 안다. 어머니는 무뚝뚝한 내게 시끄럽고 활발한 친구들을 억지로 붙여주곤 했지만 보통 제 풀에 지쳐 나가떨어지기 일쑤였다. 난 그런 것들에 질렸다. 아무것도 모르면서, 내 비위를 맞춘답시고 재잘재잘 떠들어 대는 게 싫었다. 너는 저들과 달랐냐고 묻는다면 그건 아니다. 다른 건 나였다. 난 너와 있으면 충동적으로 변하곤 했다. 평소의 나라면 절대 하지 않을 일들을 자꾸 했다. 처음부터 그런 건 아니었다.

여름방학식 날 교실에 혼자 남아 체육복을 갈아입으려는데 네가 들어왔다. 아직 벗지 않아서 다행이라는 생각이 들었고, 너는 잠깐 날 보다가 이내 제 실내화를 가방에 쑤셔 넣었다. 꽤 오래 달려온 것 같았는데, 너는 또 달려서 운동장을 가로질러 가 버렸다.

"잘 뛰네."

너에 대한 두 번째 감상이었다.

***

어느 날은 갑자기 그냥 네게 말을 걸고 싶었다. 정말 갑자기였다. 이런 기분이 드는 게 처음이라 왠지 한 번 해봐도 될 것 같았다. 책 제목을 알려주고 교실에서 빠르게 나왔다. 네 반응이 생각과는 달라서였나, 아니면 가까이서 본 네가 너무 예뻐서였나. 기억이 잘 안 난다.

***

토론 모둠 조장을 맡게 되었다. 선생님이 누가 조장을 할 거냐고 묻자, 다들 약속이라도 한 듯 일제히 날 봤다. 아무도 안 하려고 했다면 어차피 내가 나서서 할 거였다.

"그럼 두 조장은 계속 연락하면서 진도율 체크하고, 도언이는 언제 토론하면 될지 날짜 정해서 나한테 알려 줘."

"네."

네가 찬성 모둠 조장이었다. 내게 쭈뼛쭈뼛 걸어와서는 전화번호를 알려주겠다고 했다. 내 휴대폰을 내어주니 너는 조금 당황한 기색을 보이더니

"야, 미안한데 이건 전번 어디다 저장해야 하냐……."

말을 조심하는 것 같았지만 이건 내가 원해서 쓰고 있는 거라 상관없었다.

"너랑 닮았네."

내 휴대폰을 내려다보며 나만 들릴 정도로 말했다. 그날 밤, 잠에 들기 전 너에 대한 내 감상이 어떻게 변하고 있는지 정리했다.

***

선생님의 지시이므로, 좋든 싫든 네게 연락을 해야 했다. 신호음이 세 번

정도 울리고 네가 전화를 받았다. 휴대폰 너머의 네 목소리는 조금 달랐다.

"여보세요?"

"얼마나 진행됐어?"

"네가 먼저 걸었네."

"그러네."

대답은 없고 내가 먼저 전화를 걸었다는 사실만 들추어냈다. 어쩌라는 거지, 생각하면서도 그렇다고 대답하고 있었다. 진행 상태에 대한 대화를 주고받고 이제 학교에서 만나자는 형식적인 인사로 전화를 마무리하려는데 넌 생일이 언젠지 물었다.

"10월 9일."

"그래. 잘 자."

왜 물어봤는지 먼저 말할 줄 알았는데 그대로 전화를 끊었다. 잘 자고 싶어졌다.

***

우리 모둠은 자료 조사가 끝났다. 전화해서 내일 토론을 하자고 하면 된다.

"우리는 아직 덜 했어. 한 이틀 정도 더 필요해."

*

네가 공부를 가르쳐달라고 했다. 우리 그렇게 우애 깊은 사이였나? 처음엔 거절하려다가 네가 조건을 걸어왔다.

"성적 올라가면 내 휴대폰 비밀번호 알려줄게."

차라리 돈이 낫지, 내게 전혀 메리트가 없는 제안이었다.

"그러든지."

제안을 수락해 놓고도 한참을 다시 떠올렸다. 많이 따지지 않고 제안을 수락하는 건 생각보다 별거 아니었다.

***

네 성적이 조금 올랐다. 어차피 단기간에 폭발적으로 성적을 올릴 수 있을 거라고는 생각지 않았다. 이제 네 비밀번호를 들을 차례였다.

"조금 더 걷다가. 너네 집 거의 도착하면, 그때 알려줄게."

"그래."

별것도 아닌데 뜸을 들이니 호기심이 조금 올랐다.

"천구."

1009. 그게 네 비밀번호였다. 넌 지금 어떤 표정일까. 너에 대한 호기심을 한 번 가지니 두 번, 세 번은 이제 어렵지 않았다. 네 얼굴이 궁금해서 가 버리려는 너의 손목을 붙잡았다.

"잘 자."

저번에 네가 한 말이 떠올라 나도 한번 내뱉어 보았다. 너도 잘 자게 될까.

***

종업식 날, 강당으로 가기 전 선생님께서 날 교무실로 따로 부르셨다. 아쉽다고 겉치레 같은 말들을 늘어놓으면서 내게 인사를 건네왔다. 나도 최대한 미소를 지으며 응답했다. 그러다 학기 초에 학업을 위해 필요한 게 있으면 자신에게 말하라는 선생님의 말씀이 떠올랐다.

"선생님, 이한나랑 이한나 옆에 붙어 다니는 애 있잖아요."

"응, 왜?"

"저 걔네 둘이랑 내년에 반 붙여주시면 안 될까요?"

"음……. 왜, 도언아?"

"아, 제가 걔네 과외를 해주고 있거든요. 가르쳐 주다 보니 제 학업에도 도움이 되는 것 같아서요."

"사실 선생님 재량으로 가능하긴 한데……."

선생님이 속삭였다.

"대신 아무한테도 말하지 않기. 쌤이 너 아끼니까 해주는 거야. 성적도 계속 유지하기로, 약속."

징그럽게 새끼손가락 걸고 약속까지 마치고 나서야 나는 교무실에서 나올 수 있었다. 내년에도 저 날티 나는 얼굴을 봐야겠다. 내년 후반기쯤이 되면 이 더러운 성미도 조금은 나아지지 않을까, 터무니없는 기대를 하며 강당으로 향했다.

"고등학교 들어온 지 얼마 안 된 것 같은데 벌써 이학년이냐. 한 것도 없는데……."

별것도 아닌 혼잣말인데, 대답을 하고 싶었다.

"한 게 왜 없어."

뒷말을 하려다가 입을 다물었다. 뇌를 거치지 않고 말이 샌다.

"공부밖에 더 했냐."

공부도 나랑 했는데, 대체 왜 한 게 없단 거지.

"등교도, 하교도, 공부도, 교실에 그냥 있는 것도 전부 나랑 했는데 뭐가 한 일이 없지?"

네가 하는 말은 발전이 없다는 의미라는 걸 안다. 그런데도 나랑 한 일이 수두룩한 네가 한 게 없다고 말하니 이상한 감정이 들었다.

"너 원래 이런 캐릭터였나?"

그러게.

***

우리 밑으로 일학년들이 들어온다. 입학식에 우리도 참가해서 서로 인사를 나눠야 한다. 졸업식 때에도 교복을 입지 않던 네가 교복 재킷까지 멀끔히 갖추었다.

"교복 없는 줄 알았는데 있네."

"이 자식이, 당연한 거 아니냐."

원래라면 좀 더 골려주려고 했을 텐데 지금은 그러고 싶지 않았다. 교복 좀 자주 입지. 아니다, 이 광경은 지금 나만 보고 싶다. 지금 네 모습을 내 방 벽에 걸어두고 싶은 충동이 일었다.

"너 어디 아프냐? 네 얼굴 지금 토마토 됐는데."

"나도 오랜만에 자켓까지 다 입으니까 덥네."

"뭐래, 미친놈. 3월인데."

***

이한나가 나한테 처음으로 말을 걸었다. 내용은 너에 대해서였다.

"너네 사귀는 거 맞지?"

"그런 거 아닌데."

이한나가 눈을 흘긴다.

"그럼 뭔데, 어장? 아님 네가 일방적으로 좋아하는 건가."

"대체 어느 놈이 그딴 소문을 흘린 건진 모르겠지만 난 걔랑 아무 사이도 아냐. 좀 비켜줄래."

"아직 개가 누군지 말 안 했는데……."

생각보다 영악한 애다.

***

이한나가 물어봐 줄 테니 숨어서 듣고 있으라고 말했다. 원래라면 절대 싫다고 했겠지만 왠지 네 반응이 궁금하기도 했고, 내게 한 징그러운 말들이 네 마음과 관련이 있는 건지 알고 싶었다.

"난 걔랑 아무 사이도 아냐. 좀 비켜줄래."

삼 층 복도에서 운동장 벤치까지 달려 나왔다. 네가 하는 말을 듣자마자 왠지 그래야 할 것 같았다. 헐떡대며 벤치에 앉으니 이한나가 뒤따라 나오는 게 보였다.

"야, 있잖아."

"아니, 지금은 아무 말도 하지 마. 나도 들었으니까."

"헤헤."

뭐가 좋다고 웃지 저건.

***

나와 같은 마음일 거라고, 그래서 이 정도 기대는 해도 괜찮을 거라고 생각했다. 너에 대한 원망보다는 스스로에 수치심이 먼저 들었다. 난 착각이 싫다. 사람을 바보로 만든다. 온갖 기대를 하게 만들어 놓고는 처음부터 없었던 일이라고 한다.

"너 알고 있었냐."

"당연하지, 누가 모르냐 그걸. 겁나 티나는데."

"그걸 알면서 나더러 옆에서 들으라고 했냐?"

"뭐?"

나 혼자만의 착각, 한나가 미웠다. 다 알면서 나더러 복도에 숨어 있으라고 한 저의를 알 수가 없었다.

"상사병이라고 욕해도 되니까 당분간 나 좀 내버려 둬라."

저 말 중 진실은 한 조각도 없었다. 휴대폰 비밀번호를 없앴다.

"씨발, 지 혼자 북 치고 장구 치고 지랄하고 있네. 연애한 것도 아닌데."

***

너한텐 아무 일도 아닌 것 같았다.

"점심 먹고 벤치에 앉아서 기다려."

"내가 왜?"

"또 뭐에 심통이 났지?"

"심통난 거 아니고 너 싫어서, 꺼져 이제."

정작 눈앞에 없다면 힘들어지겠지. 평소에 네게 욕은 했어도 직접적으로 싫다는 표현은 처음이다. 네가 상처 받고 내게 살갑게 굴지 않았으면 했다.

"말 예쁘게 안 하는 거 보니 심통난 거 맞네."

딱히 통하진 않은 것 같지만.

"뭐래, 언젠 예쁘게 했냐. 나 먼저 들어갈 거니까 이한나랑 오든지 맘대로 해. 난 너 안 기다려."

네가 뭐라고 했는데 제대로 못 듣고 그냥 교실로 올라와 버렸다. 창문 너머로 너와 이한나가 보인다.

"말은 더럽게 잘 듣네."

***

내 시간은 너와 함께하는 시간이 주를 이룬다. 그 사실이 꽤 흡족했다. 얼마 전까지 몰랐던 내 충동적인 행동들의 원인을 방금 이한나와의 대화를 통해 알아냈다. 구차하게 입 밖에 내지 않아도 너와 관련된 일이라면 몸이 먼저 반응한다.

네가 욕을 할 때면 내가 말 좀 예쁘게 하라며 핀잔을 주곤 했다. 질리지도 않는지 넌 참 꾸준했다.

"네가 하는 말들은 다 너무 징그러워. 다른 애들한텐 몇 마디 하지도 않으면서, 나한텐 왜 이러냐? 내가 징그러워 할 거 알고 그러는 거지. 성격 더러워 진짜……."

넌 생각보다 눈치가 없다.

"그래, 너 오글거리라고."

"못 돼 처먹었네. 웃긴 뭘 웃냐?"

"우스워서."

"나한테 우습다고 한 놈은 네가 처음이다."

"나한테만 우스워라."

"뭐래. 손 놔라 이거."

"손 되게 따뜻하다."

네 손이 해질녘에 물들었다.

***

"복도에서 듣고 있었어."

"그런데?"

"근데 이게 다 듣지도 않고 지 혼자 땅 파고 있는 것 같아. 요즘 이상해."

"둔한 건지, 아님 진짜 알아차리고도 땅 파는 건지 모르겠네."

"둘 다겠지. 미치겠네! 진짜. 내가 뭐라고 해도 안 들어. 얘, 한 번 이러면 오래 간단 말이야. 이렇게 둘 거냐?"

"내가 갈게."

내 하루의 97퍼센트 정도는 너로 되어 있다. 내 말 때문에 바닥을 치는 너 때문에 조금 미안하지만 기분이 좋아졌다. 너도 60퍼센트 정도는 나로 되어 있지 않을까, 하는 우스운 기대를 했다. 네가 있을 법한 곳을 모두 둘러보며 이곳저곳 뛰어다녔다.

"도망가지 말고 거기 서 있어."

너는 의외로 순순히 서 있었다.

"왜, 이한나가 가서 달래주라고 했냐?"

"어."

"짜증날 정도로 솔직하네."

널 만나면 하고 싶은 말이 많았는데, 막상 서 있는 네 뒷모습을 보니 머릿속이 하얘졌다.

"그런 거 아니야. 눈치도 없으면서, 뭘 자꾸 추측하려 들어?"

"그래, 나 눈치 없어서 혼자 북 치고 장구 치고 다 했다. 그래도 지낸 지 1년 넘어간다고 상사병에 골골대다 이한나 걱정시켰다. 넌 그거 확인하러 왔냐?"

"그래."

"뭐?"

"네가 어떻게 받아들일진 모르겠지만 지금 난 네가 나 때문에 이러는 게 싫지가 않다."

"너 진짜 미친놈-"

"이제 이쪽 봤네. 하던 말 계속할게. 기대도 착각도 내가 너보다 훨씬 많이 했을걸."

"알아듣게 얘기해라."

"그래, 눈치도 없는데 빙빙 돌려 말 안 할게. 지금 너한테 좋아한다고 고백하는 중이야."

네가 눈을 동그랗게 뜨더니 이내 고개를 푹 숙였다.

"언제부터?"

얼굴을 가리고는 웅얼웅얼 질문한다.

"모르겠다. 아마 작년이겠지."

"그럼 이한나랑 그 대화는 뭔데?"

"다 듣지도 않아놓곤 네 눈치에 뭘 추측해. 영악한 이한나한테 당하는 중이었다, 왜."

네가 한숨을 내쉬고 주저앉는다.

"이제 땅 파고 기어 들어가면 나도 같이 묻힐 거야."

"오늘 몇 월 며칠이지?"

"8월 28일."

"좋네."

"나도 좋아."

"덥다, 떨어져라."

"안 돼."